JACQUES DAMOUR

suivi de

LE CAPITAINE BURLE

Dans la même collection :

ANDERSEN, Le vaillant soldat de plomb, la petite sirène et autres contes.
BALZAC, Adieu.
Le Chef-d'œuvre inconnu.
La Maison du Chat-qui-pelote.
Les Secrets de la princesse de Cadignan.
La Vendetta.
Sarrasine.
CHAMISSO, L'Étrange Histoire de Peter Schlemihl.
CHARLES D'ORLÉANS, L'Écolier de Mélancolie.
CHRISTIE, Les Plans du sous-marin.
COLETTE, Les Vrilles de la vigne.
La Ronde des bêtes.
Gribiche.
COLOMBEL, Jeannette, Lettre à Mathilde sur Jean-Paul Sartre.
DIDEROT, Supplément au Voyage de Bougainville.
Lettre sur les aveugles.
FLAUBERT, Un cœur simple.
Novembre.
GAUTIER, Arria Marcella.
HOFFMANN, Mademoiselle de Scudéry.
HUGO, Claude Gueux.
JARRY, Ubu roi.
LABICHE, La Cagnotte.
LEBLANC, L'Arrestation d'Arsène Lupin.
Le Cabochon d'émeraude *précédé de* L'Homme à la peau de bique.
LUCIEN, Philosophes à vendre.
MARIE DE FRANCE, Le Lai de Lanval.
MAUPASSANT, La Parure.
Le Horla.
Une partie de campagne.
MÉRIMÉE, La Vénus d'Ille.
La Double Méprise.
Les Âmes du purgatoire.
NERVAL, Aurélia.
Sylvie.
PLATON, Apologie de Socrate.
PLUTARQUE, Vie d'Alcibiade.
RACINE, Les Plaideurs.
RENARD, Poil de carotte.
SCHWOB, Le Roi au masque d'or.
SÉNÈQUE, Médée.
SHAKESPEARE, Henry V.
STEVENSON, L'Étrange Cas du Dr Jekyll et de Mr Hyde.
SUÉTONE, Vie de Néron.
TCHEKHOV, La Steppe.
TOURGUENIEV, Le Journal d'un homme de trop.
VOLTAIRE, Micromégas.
La Princesse de Babylone.
WILDE, Le Portrait de Mr. W.H.
Le Prince heureux et autres contes.
XXX, Chansons d'amour du Moyen Âge.
Le Jugement de Renart.
La Mort de Roland.
Anthologie de la poésie française de Villon à Verlaine.
ZWEIG, Les Prodiges de la vie.
Printemps au Prater.

ÉMILE ZOLA

Jacques Damour

suivi de

Le Capitaine Burle

Présentation et notes par Jacques Noiray

LE LIVRE DE POCHE

Professeur de littérature française à la Sorbonne, Jacques Noiray a publié, parmi d'autres travaux, *Le Romancier et la machine. L'Image de la machine dans le roman français : 1850-1900* (Corti, 1981, 1982, 2 vol.) et *L'Ève future ou le laboratoire de l'idéal* (Belin, 1999). Il est également l'éditeur de plusieurs œuvres de Zola.

PRÉFACE

À côté des *Rougon-Macquart*, ce vaste continent largement balisé et frayé, sans cesse parcouru par une foule de lecteurs et de critiques, les contes et nouvelles de Zola forment un archipel à découvrir. Non pas tout à fait inconnu sans doute, mais, malgré quelques études pionnières, peu exploré, peu exploité. On trouverait pourtant là un aspect important de l'œuvre zolienne, non seulement par l'abondance de cette production (quatre recueils publiés [1], sans compter de nombreux contes et chroniques dispersés au hasard des journaux et non recueillis du vivant de l'auteur), mais aussi par la qualité de textes qui accompagnent la création romanesque, en jalonnent le développement, témoignent de sa maturation progressive. Zola a toujours pratiqué le genre narratif court. Quarante années séparent son premier conte, « La Fée amoureuse », composé en 1859 [2], du dernier, « Angeline », publié en 1899, et contemporain de ses *Évangiles*. Il en a essayé toutes les formes, du conte bref, simple esquisse narrative, à la nouvelle développée, plus élaborée, déjà construite comme un roman condensé. Ce sont deux exemples

---

1. *Contes à Ninon* (1864), *Nouveaux Contes à Ninon* (1874), *Le Capitaine Burle* (1882), *Naïs Micoulin* (1883). **2.** Recueilli dans *Contes à Ninon*.

de ce dernier type, représentatifs de la manière la plus achevée de l'écrivain, qui seront présentés ici.

En 1874, Zola, auteur encore peu connu, plus riche d'idées que d'argent, était toujours en quête de notoriété et de sécurité matérielle. Par l'intermédiaire de son ami Tourgueniev, il était entré en contact avec Mikhaïl Stassioulévitch qui dirigeait *Le Messager de l'Europe (Viestnik Evropy)*, une grande revue libérale de Saint-Pétersbourg. Il y avait publié en feuilleton *La Faute de l'abbé Mouret*, puis avait commencé en mars 1875 une collaboration régulière qui devait se poursuivre jusqu'à la fin de 1880. Il était convenu que Zola donnerait à la revue, chaque mois, un texte de vingt-quatre pages. L'écrivain respecta ce contrat difficile, et même au-delà, puisque les textes fournis dépassent souvent ce nombre de pages. En près de six ans, il fit paraître dans *Le Messager de l'Europe* soixante-quatre longues *Lettres de Paris* aux sujets très variés et souvent d'un grand intérêt : articles politiques, essais sur la vie sociale en France, chroniques littéraires et artistiques, études de théorie naturaliste. De cette riche moisson, Zola allait tirer la matière de plusieurs recueils de critique littéraire *(Le Roman expérimental, Les Romanciers naturalistes, Documents littéraires)*[1]. En outre, pour respecter ses engagements quand il manquait de sujets de chronique, Zola envoya à Stassioulévitch une vingtaine de textes de fiction, groupes de contes ou longues nouvelles, qu'il allait ensuite réunir en deux volumes, *Le Capitaine Burle* et *Naïs Micoulin*. « Jacques

---

1. On trouvera dans Le Livre de Poche une anthologie procurée par Henri Mitterand des principaux textes théoriques et critiques de Zola sous le titre : *Le Roman naturaliste* (coll. « Classiques », n° 14771).

Damour » et « Le Capitaine Burle », parus dans *Le Messager de l'Europe* en août et décembre 1880, sont les deux derniers textes de ce type. Zola n'était plus, à ce moment-là, le romancier encore peu connu des commencements. Le succès de *L'Assommoir* en 1877, celui, tout récent, de *Nana* en mars 1880 avaient fait de lui un romancier en vue, certes discuté et critiqué, mais reconnu comme le chef de file de la nouvelle génération littéraire. Maintenant que sa situation matérielle était assurée par de gros tirages, cette collaboration à une revue lointaine, d'une régularité pesante à la longue, ne présentait plus le même intérêt. Zola y mit donc fin assez brutalement, et la livraison de décembre 1880, celle du « Capitaine Burle », fut la dernière.

Pour comprendre exactement la nature de ces deux nouvelles, il faut se rappeler qu'il s'agit de textes de la maturité (Zola vient d'avoir quarante ans), écrits avec toute la maîtrise d'un écrivain en pleine possession de ses moyens. On ne sera donc pas surpris d'y reconnaître des échos de la création romanesque que Zola poursuit en même temps : ainsi la déchéance de Burle, pantin dérisoire aux genoux de l'ignoble Rose, rappelle, sur un mode plus sordide encore, celle du comte Muffat s'humiliant aux pieds de Nana triomphante. De même on retrouve dans « Jacques Damour » des souvenirs du *Ventre de Paris* (la belle charcutière), de *L'Assommoir* (la vie quotidienne des ouvriers parisiens), de *Nana* même (la fille entretenue), ainsi que des ébauches de *La Débâcle* (l'évocation de la Commune et des Communards). Les nouvelles apparaissent ainsi bien souvent comme des chutes de la création romanesque, bribes tombées de la riche étoffe de la fiction au moment de la confection, ou encore comme des esquisses, des brouillons de l'œuvre à venir. Genre mineur sans doute, mais révélateur aussi de la vitalité et de la cohérence d'une invention qui essaye, qui reprend, qui varie, du roman à la nouvelle et de la nouvelle au roman, des thèmes analogues. Il faut savoir aussi que ces textes courts, écrits vite, destinés d'abord à une publication en revue, sont plus ouverts sur le monde contemporain, plus tributaires de l'actualité que les *Rougon-Macquart*, que leur sous-titre général d'« Histoire naturelle et sociale d'une famille sous le Second Empire » renvoyait en principe à une période déjà révolue, plus éloignée du moment de l'écriture. Dans ses nouvelles, Zola retrouve le plaisir de parler de ce qui l'entoure directement.

C'est de l'actualité la plus récente qu'est tiré le sujet de « Jacques Damour ». L'amnistie définitive pour les Communards venait d'être votée le 11 juillet 1880, et c'est en août que la nouvelle a été publiée dans *Le Messager de l'Europe*. Zola n'a donc pas perdu de temps. Il raconte le retour du Communard exilé au moment même où, dans la réalité, rentraient à Paris, après neuf ans d'absence, tous les grands survivants de la Commune, Benoît Malon, Rochefort, Vallès, tant d'autres illustres proscrits dont le retour triomphal est évoqué dans le texte. C'était un beau sujet de chronique. Il est remarquable que Zola ait choisi de le traiter sur le mode de la fiction. Peut-être craignait-il un refus de la censure russe, peu disposée à tolérer l'évocation directe d'une période révolutionnaire récente et de ses acteurs. Sans doute aussi a-t-il préféré, sous le prétexte de l'actualité, reprendre un thème riche de séductions imaginaires et déjà largement illustré dans la littérature, celui du retour de l'homme que l'on croyait mort. Thème balzacien on le sait, et Zola connaissait trop bien *La Comédie humaine* pour ne pas se souvenir ici du *Colonel Chabert*. Mais thème cher aussi à l'auteur des *Rougon-Macquart*, qui l'avait déjà développé peu de temps auparavant dans une autre nouvelle parue aussi dans *Le Messager de l'Europe*, « La Mort d'Olivier Bécaille »[1] : le personnage que tous avaient cru mort, sorti miraculeusement de sa tombe, revenait pour trouver sa femme remariée, renonçait à se faire reconnaître, et se fondait dans l'anonymat d'une existence ignorée de tous. C'était déjà, par bien des aspects, le sujet de « Jacques Damour ». Mais il s'y ajoute ici, comme dans *Le Ventre de Paris*, une dimension politique : dans ce dernier roman, Florent, républicain de 1848 évadé du bagne de Cayenne, rentré clandestinement en France, ne trouvait pas sa place dans le nouveau Paris de l'Empire, et finissait par se faire reprendre. Comme Florent, Jacques Damour est un homme que son passé politique, malgré l'amnistie, condamne à la clandestinité : non parce qu'il présenterait, pour le pouvoir, le moindre danger, mais parce qu'il n'y a plus de place dans la société nouvelle pour ces revenants d'un autre âge, épaves de luttes oubliées. C'est de la conjonction de ces deux thèmes, celui du mort-vivant et celui de l'éternel clandestin, que le personnage du *survivant* tire dans « Jacques Damour » son principal intérêt dramatique.

Il faut insister sur cette dimension politique. C'était la première fois, avant *La Débâcle*, que Zola, dans son œuvre littéraire, évoquait les événements du siège de Paris et de la Commune. La manière dont il s'y prend éclaire sa position vis-à-vis de ces drames de l'Histoire. Ses deux ouvriers communards, Berru et Damour, correspondent à deux types

1. Parue dans *Le Messager de l'Europe* de mars 1879 et reprise comme « Jacques Damour » dans *Naïs Micoulin*.

bien définis de « socialistes », tels que la presse et la littérature bourgeoises se sont plu à les représenter. Le premier, hâbleur et noceur, paresseux et roublard, appartient à la mythologie traditionnelle de l'ouvrier parisien, hardi en paroles, prudent dans ses actes, vivant aux crochets des autres, prêt à les pousser à l'action tout en restant en arrière : Berru n'est ici qu'une réplique du Lantier de *L'Assommoir*, une préfiguration du Chouteau de *La Débâcle*. L'autre, c'est l'ouvrier naïf, ignorant et crédule, attendant de la république, sans savoir comment, l'avènement de l'âge d'or et du bonheur universel. Pour Zola, comme pour la plupart des historiens de l'époque, la Commune a été faite par des Damour poussés par des Berru. L'explication qu'il propose n'est pas politique, mais psychologique : il aura suffi de la défaite, des souffrances du siège, de l'oisiveté, de la surexcitation née de la faim et de l'ivresse, pour qu'éclate un « coup de folie », une insurrection sans projet clair, sans avenir, qui ne repose sur aucune conscience révolutionnaire véritable, et qui ne peut aboutir qu'à la catastrophe. Avec « Jacques Damour », Zola fixe dans ses grandes lignes une image péjorative de la Commune qu'il reprendra dans *La Débâcle*, et qui pour lui ne variera plus jamais.

La seule attitude raisonnable, selon l'écrivain, serait-elle donc celle de Félicie ? Républicaine elle aussi, mais d'esprit avisé et d'intelligence nette, elle ne se dépense pas en vaines paroles ou en actes inconsidérés : « À la place du peuple, elle savait, disait-elle, comment elle forcerait le gouvernement à être juste : elle se conduirait très bien. » Telle est, semble-t-il, la seule façon pour les pauvres de se faire entendre : non pas la stérile et sanglante révolution, mais la prudente réforme sociale, accomplie dans l'ordre et la collaboration des classes. Il ne s'agit plus de rêver abstraitement le bonheur de tous, mais de donner aux plus méritants une chance de salut individuel. La récompense de Félicie, ce sera l'accession à la bourgeoisie. Dans la sage ouvrière de la rue des Envierges perce déjà, confusément, la bouchère modèle des Batignolles que Jacques retrouvera dix ans plus tard. Félicie réussit ce que Gervaise, avec sa blanchisserie, avait tenté dans *L'Assommoir* sans l'atteindre. Gervaise échouait parce que des forces mauvaises, l'hérédité des Macquart, les fatalités du milieu, la paresse et l'ivrognerie de Coupeau devaient la conduire à sa perte. Ici le miracle est possible grâce à la prudence, à la modération, à la bonne conduite de la jeune femme. Mais cette conclusion n'est pas sans ambiguïtés : c'est d'abord la disparition de Jacques qui ouvre à Félicie, par un remariage illégal, les portes de l'ascension sociale, et c'est le renoncement final du proscrit qui lui assure une tranquillité définitive. Comme quoi la sagesse ne fait le bonheur que lorsqu'elle est aidée par la chance, et par le sacrifice des autres. On ne peut tirer de cette histoire aucune leçon morale appréciable, aucune signification politique. Tout est le fruit du hasard, et d'une sorte de fatalité ironique qui mène les êtres malgré eux.

Cette ambiguïté se retrouve, à un niveau plus général, dans toute la nouvelle. Il y avait là, dans l'évocation des catastrophes de l'Histoire et des aventures extraordinaires des personnages, une source possible de grandeur. Les combats de la Commune, la mort du fils, les souffrances de l'exilé, le retour du mort-vivant, les retrouvailles entre la femme et le mari qu'elle croyait mort auraient pu (comme plus tard dans *La Débâcle*) être traités sur le mode élevé de l'épopée ou de la tragédie. Zola ne l'a pas voulu. Il a préféré montrer des êtres simples, dépassés par les événements, qu'ils en souffrent, comme Félicie ou comme Jacques, ou qu'ils en ricanent, comme Berru. Jacques surtout est une âme fruste à l'« intelligence obscurcie », qui ne gardera des grandes luttes auxquelles il a été mêlé qu'un souvenir confus, héros absurde d'un drame absurde. Quand il se bat, c'est mécaniquement, sans comprendre : « Il ne savait plus, il tirait des coups de feu dans la fumée, parce que tel était son devoir. » Ses dix ans d'exil, au bagne ou après son évasion, ne sont qu'une existence négative, sans volontés ni désirs, une image de la mort. À la fin la mine l'engloutit comme une tombe, « absolument supprimé, mangeant et dormant, sans rien désirer au-delà ». Après son retour, sa vie passée lui apparaît comme une ombre, « dix années de son existence se comblaient, si pleines et si confuses, qu'elles lui semblaient, derrière lui, n'être plus que le simple prolongement du trottoir ». Tout ce roman d'aventures dérisoires s'efface dans le flou d'une mémoire incapable de retenir un passé frappé de nullité et qui s'abolit. C'est ce vague, cette impuissance, cette absence de prise sur les choses, qui caractérisent aussi les retrouvailles de Jacques et de Félicie : lui, dans sa misère de pauvre hère, pris de peur et de honte devant cette femme inconnue, s'épuise en menaces et en gesticulations vaines, et finit par s'enfuir ; elle, sans amour désormais, partagée entre l'effroi et la pitié devant ce « spectre » lamentable, ne ressent qu'« une tristesse immense, le regret et le dégoût de la vie ». Rien ne se passera de la crise annoncée. Jacques ne reprendra pas sa femme de force, il ne « saignera » pas son rival, il s'effacera, il disparaîtra une seconde fois, il rentrera dans le néant d'où il n'aurait jamais dû sortir : « C'est fait, tu n'entendras jamais parler de moi. » Tout finit dans le renoncement et l'acceptation de la fatalité, dans une catastrophe évitée dont il ne reste que l'absurde : « Les choses ont tourné comme ça, voilà tout... »

Mais cette absurdité, Zola n'a pas voulu lui donner la forme de la tragédie. Le dénouement de ce drame se joue sur un ton de dérision qui est l'expression ironique d'une vanité générale des êtres et des choses. Vanité de l'Histoire : Damour devient quelque temps le gardien du chantier de l'Hôtel de Ville. « Et il veilla ainsi, commente le narrateur, sur le monument qu'il avait aidé à brûler, dix années plus tôt. » Vanité de la morale : ce n'est pas Félicie, la femme comme il faut, qui vient en aide à Jacques tombé dans la misère, mais leur fille Louise, la femme entretenue (comme une Nana qui sauverait Coupeau de l'ivrognerie et du delirium). Mieux encore, c'est Louise qui juge et condamne sa mère : « Tu comprends [...] je ne peux plus la voir, elle se conduit trop mal... » Les principes, les valeurs se renversent dans un monde privé de significations, où le bien arrive par surprise, à la fin, contenu dans le mal lui-même : Damour, après toutes ses misères, trouvera son « paradis » comme gardien du bien mal acquis qu'un riche protecteur vient d'acheter à sa fille, tandis que le narrateur, comme à la fin d'un roman d'aventures, tire la morale de cette immorale histoire : « [...] et c'est là qu'il vit maintenant, dans un repos que la Providence lui devait bien, après tous les malheurs dont elle l'a accablé. » Et s'il ne devait rester qu'un symbole chargé d'exprimer la perte du sens dans cet univers dégradé, ce serait la photographie d'Eugène, le fils mort dans les combats de la Commune, sur laquelle le père a inscrit, comme une menace et comme un défi lancé à la face de tous les pouvoirs, ce serment solennel : « Je te vengerai. » Mais c'est en brandissant son couteau à dessert ou sa pipe, armes ridicules, à la fin de repas trop bien arrosés, que le vieux révolutionnaire répète sa promesse inutile, avant de retourner tranquillement à la pêche, le lendemain, « le dos rond, la face reposée ». Ainsi pour Jacques Damour, ce mort-vivant, cet oublié de l'Histoire, le drame finit en farce, ainsi s'abolit en discours impuissant ce qui ne peut s'exprimer dans les faits, faute d'une prise suffisante sur les choses.

On retrouve cette même absurdité dans la deuxième nouvelle, « Le Capitaine Burle », où, sur un mode plus grinçant encore et plus sombre, Zola développe une idée suggérée par Henry Céard, alors membre du groupe naturaliste[1]. Au centre de cette tragédie à cinq personnages (le petit Charles ne compte guère), dans une ville de garnison du Midi, il y a Burle, médiocre capitaine-trésorier, prisonnier de ses registres, de ses insatiables besoins sexuels, de la surveillance d'une mère austère et rigide et d'un père de substitution, le major Laguitte, qui sera en même temps son ami, son juge et son bourreau. Son histoire est celle d'une chute : ce brillant espoir de l'armée, distingué à Solferino, n'aura jamais réussi qu'un acte héroïque dans sa carrière, au début. La suite n'est qu'une longue décadence physique et morale : le héros engraisse lentement, s'enfle, se boursoufle, se noie dans sa chair, « épais, heureux, détendu et lâche ». Sa vie est un affaissement progressif, une continuelle perte d'énergie. Burle s'alourdit, se « vautre », « sombre », « s'abîme » dans un naufrage sans fin, entraîné toujours plus bas. Tout le lexique de la nouvelle insiste sur cet enfon-

---

1. Voir dans le *Journal* des Goncourt (6 avril 1890) ces propos d'Hennique rapportés par Edmond de Goncourt : « Tenez, "Le Capitaine Burle", c'est une chose que lui a racontée Céard, auquel [Zola] a demandé d'en faire une nouvelle. »

cement. On en connaît la cause : ce sont ses passions charnelles, « sa continuelle faim de la femme », sa « rage d'appétits qui se satisfaisait n'importe où et n'importe comment » qui entraînent à sa perte le pauvre « Juponeux ». Burle n'est pas un conquérant, un héroïque séducteur de femmes, mais un ogre pitoyable, esclave de sa boulimie. Cette épave de chair viciée est une victime de la chair. On reconnaît, ici encore, un thème balzacien, et le personnage n'est pas sans rappeler, dans *La Cousine Bette*, le baron Hulot qui, lui aussi, s'avilit jusqu'à descendre aux filles de cuisine.

Mais ici cet avilissement s'accompagne d'une curieuse régression. Burle retombe, littéralement, en enfance. Ce qu'il va chercher auprès des femmes, c'est un substitut de l'affection maternelle que la sèche et autoritaire Mme Burle n'a pas su lui apporter. Celle qu'il recherche avant tout, c'est une mère imposante, capable de dominer et de protéger. Petit lui-même, il aime les grandes femmes. Il lui faut des « géantes » débordantes d'appas, nourrices et « gendarmes » à la fois, et si Mélanie lui fait tant d'impression, c'est à cause de sa carrure et de sa « large figure d'homme, plantée de cheveux rudes comme des poils ». Lorsque Laguitte les surprend, c'est dans une situation révélatrice. Celle-ci est en train de faire boire un grog au capitaine, à petites cuillerées, en l'appelant « le chéri à sa mère » : « Donnez votre bec... C'est bon, hein ? petit cochon ! » Le rapport du capitaine avec les femmes se réduit à une relation infantile, contraire en même temps à son statut d'adulte et à son état militaire. Comme homme, comme soldat, Burle ne fait que *régresser* continuellement. Comme elle est une perte d'énergie, son existence est une perte continue de virilité. Mais cette régression va plus loin encore. Ce qu'il recherche, comme pour se punir lui-même de cet avilissement, c'est un lien masochiste de soumission, d'infériorité acceptée, d'humiliation consentie, qu'on le dorlote ou qu'on le rudoie. Le pire, c'est la scène, surprise encore par Laguitte, dans laquelle Rose, cet ignoble « trognon » repoussant de laideur et de saleté, fait promettre à Burle de lui apporter son dû : « Mets-toi à genoux et jure que tu m'apporteras six francs... Non, non, à genoux ! » À la fin, lorsque la régression est achevée, le pauvre Burle n'est plus qu'un gamin malpropre que les adultes désespèrent de corriger : « Et l'on aurait beau lui mettre le nez dans son caca, il recommencerait le lendemain [...] » Lorsque le capitaine comprendra pourquoi Laguitte l'a provoqué en duel, il aura encore ce regard de l'enfant pris en faute, qui demande pardon et qui supplie : « Il savait pourquoi il allait mourir, et, comme un enfant, il jurait de ne plus recommencer. »

En face de ce vieil enfant pitoyable se dressent deux figures de la censure « adulte » : la mère véritable, Mme Burle, et l'ami de la famille, le major Laguitte. La première, toujours « droite » et « raidie », est l'incarnation d'une abstraction, l'idée du devoir et de l'honneur. Mère si peu maternelle, sèche et dure, sans amour, perdue dans un rêve de gloire militaire qu'elle reportera sur son petit-fils, lorsque son fils l'aura déçue, sans plus de succès. Figure immuable, implacable témoin, c'est elle qui constate les progrès du processus de déchéance (« Il a volé, ça devait être ») et profère les arrêts du destin (« Tenez ! je le voudrais mort ! »). Même si son rôle dramatique est capital, puisqu'elle prononce la sentence que Laguitte se chargera d'exécuter, elle reste un personnage un peu en retrait, schématique, figé dans une immobilité tragique. Laguitte, lui, a plus d'épaisseur humaine et d'ambiguïté. Ce vieux « dur à cuire », plus brave qu'intelligent, est le seul personnage véritablement sympathique de l'histoire. Toujours jurant, toujours pestant, pantin gesticulant au début sous des trombes d'eau, semant la terreur chez les femmes du Café de Paris, c'est sur lui que reposent les aspects comiques du texte, assez nombreux dans cette tragi-comédie. Mais au contraire de Mme Burle, le major est un personnage qui évolue. Partagé entre l'amitié qu'il porte au capitaine et le respect pour l'honneur des Burle et, au-delà, de l'armée française tout entière, Laguitte se fait un moment complice des malversations de son ami qu'il dissimule au prix d'un arrangement coupable. Mais après la rechute de Burle, sans que son amitié cesse et pour ainsi dire à cause d'elle, il rejoint le camp de ceux qui condamnent, et se persuade que la seule façon de sauver le capitaine, c'est de le tuer. Les souffrances nées de ce déchirement, la prise de conscience progressive du projet de châtiment qu'il n'ose d'abord pas s'avouer à lui-même donnent au major une richesse psychologique que les autres personnages, trop caricaturaux, n'atteignent pas. Cette conversion à la sévérité s'accompagne d'une rigidité progressive du personnage, de plus en plus handicapé par sa blessure, traînant la jambe, à demi paralysé, « devenu de pierre », qui le rapproche de la raideur de Mme Burle, au point que tous deux paraissent à la fin, dans leur immobilité menaçante, deux statues de justiciers dérisoires et terribles, deux figures de la fatalité.

Tout est donc construit pour le duel final, sommet dramatique du récit, qui donnait à la nouvelle, dans *Le Messager de l'Europe*, son titre primitif. Duel à mort, « exécution » plutôt, préparée par Laguitte, comme Burle le comprendra trop tard. Mais le pathétique de cette scène vient, comme dans ce qui précède, de l'absurdité qui entoure le dénouement du récit. Absurdité de la querelle qui précède le duel, du soufflet que rien ne justifie, et pour lequel le major ne trouve que cette explication inepte : « Il m'embêtait. Tant pis ! » Absurdité du duel lui-même, pitoyable autant que tragique, entre un infirme et un rond-de-cuir, qui aboutit à la mort ridicule de cette « pauvre vieille vache de Burle », tombé « comme une masse » et restant là, « étendu sur le dos, avec son gros ventre en l'air ». Absurdité enfin d'une situation qui conduit, au nom de l'honneur, l'ami à tuer l'ami, une mère à souhaiter la mort de son fils, et tout cela pour rien, puisque l'enfant, le héros supposé pour qui cette mise en scène était bâtie, meurt « de peur » peu de temps après.

Ainsi, sous l'apparence d'une banale affaire de cœur (telle est du moins l'interprétation « rationnelle » que le public donnera de ce duel incompréhensible), se révèle, à travers l'ironie, toute une conception pessimiste de la nature humaine et de la société. C'était déjà, élevée jusqu'à une réflexion désabusée sur la politique et l'Histoire, la leçon de « Jacques Damour ». Plus discret peut-être que dans les romans contemporains de Zola, *Nana, Pot-Bouille* notamment, mais tout aussi présent, ce pessimisme témoigne de la force, vers 1880-1881, de la crise morale que traverse l'écrivain, et que la mort de sa mère, survenue le 17 octobre 1880, est venue aggraver juste avant la rédaction du « Capitaine Burle ». La forme de la nouvelle, plus condensée que celle du roman, plus apte à mettre en relief les moments forts et les drames, convient particulièrement à l'expression de ce pessimisme. Dans « Jacques Damour » comme dans « Le Capitaine Burle », avec des tons différents sans doute mais des effets très voisins, s'expose un naturalisme « noir » dont Zola ne sait pas encore qu'il va chercher à sortir, à partir d'*Au bonheur des dames* et de *La Joie de vivre*. Pour qui s'intéresse à l'évolution de l'œuvre zolienne, à ses progrès et à ses crises, la lecture des nouvelles de 1880, dans l'ombre des grands romans de la maturité, apporte un complément d'informations nécessaire.

Jacques NOIRAY

JACQUES DAMOUR

I

Là-bas, à Nouméa, lorsque Jacques Damour regardait l'horizon vide de la mer, il croyait y voir parfois toute son histoire, les misères du siège, les colères de la Commune, puis cet arrachement qui l'avait jeté si loin, meurtri et comme assommé. Ce n'était pas une vision nette, des souvenirs où il se plaisait et s'attendrissait, mais la sourde rumination d'une intelligence obscurcie, qui revenait d'elle-même à certains faits restés debout et précis, dans l'écroulement du reste.

À vingt-six ans, Jacques avait épousé Félicie, une grande belle fille de dix-huit ans, la nièce d'une fruitière de la Villette, qui lui louait une chambre. Lui, était ciseleur sur métaux et gagnait jusqu'à des douze francs par jour ; elle, avait d'abord été couturière ; mais, comme ils eurent tout de suite un garçon, elle arriva bien juste à nourrir le petit et à soigner le ménage. Eugène poussait gaillardement. Neuf ans plus tard, une fille vint à son tour ; et celle-là, Louise, resta longtemps si chétive, qu'ils dépensèrent beaucoup en médecins et en drogues. Pourtant, le ménage n'était pas malheureux. Damour faisait bien parfois le lundi [1] ; seulement, il se montrait raisonnable, allait se coucher, s'il avait trop bu, et retournait le lendemain au travail, en se traitant lui-même de propre à rien. Dès l'âge de douze ans,

1. « Faire le lundi », c'était au XIXe siècle, pour les ouvriers parisiens, ne pas travailler le lundi. On disait aussi « fêter la saint-lundi ». L'expression se trouve déjà dans *L'Assommoir*.

Eugène fut mis à l'étau. Le gamin savait à peine lire et écrire, qu'il gagnait déjà sa vie. Félicie, très propre, menait la maison en femme adroite et prudente, un peu « chienne » peut-être, disait le père, car elle leur servait des légumes plus souvent que de la viande, pour mettre des sous de côté, en cas de malheur. Ce fut leur meilleure époque. Ils habitaient, à Ménilmontant, rue des Envierges, un logement de trois pièces, la chambre du père et de la mère, celle d'Eugène, et une salle à manger où ils avaient installé les étaux, sans compter la cuisine et un cabinet pour Louise. C'était au fond d'une cour, dans un petit bâtiment ; mais ils avaient tout de même de l'air, car leurs fenêtres ouvraient sur un chantier de démolitions, où, du matin au soir, des charrettes venaient décharger des tas de décombres et de vieilles planches.

Lorsque la guerre éclata, les Damour habitaient la rue des Envierges depuis dix ans. Félicie, bien qu'elle approchât de la quarantaine, restait jeune, un peu engraissée, d'une rondeur d'épaules et de hanches qui en faisait la belle femme du quartier. Au contraire, Jacques s'était comme séché, et les huit années qui les séparaient le montraient déjà vieux à côté d'elle. Louise, tirée de danger, mais toujours délicate, tenait de son père, avec ses maigreurs de fillette ; tandis qu'Eugène, alors âgé de dix-neuf ans, avait la taille haute et le dos large de sa mère. Ils vivaient très unis, en dehors des quelques lundis où le père et le fils s'attardaient chez les marchands de vin. Félicie boudait, furieuse des sous mangés. Même, à deux ou trois reprises, ils se battirent ; mais cela ne tirait point à conséquence, c'était la faute du vin, et il n'y avait pas dans la maison de famille plus rangée. On les citait pour le bon exemple. Quand les Prussiens marchèrent sur Paris, et que le terrible chômage commença, ils possédaient plus de mille francs à la Caisse d'épargne.

C'était beau, pour des ouvriers qui avaient élevé deux enfants.

Les premiers mois du siège ne furent donc pas très durs. Dans la salle à manger, où les étaux dormaient, on mangeait encore du pain blanc et de la viande. Apitoyé par la misère d'un voisin, un grand diable de peintre en bâtiment nommé Berru [1] et qui crevait de faim, Damour put même lui faire la charité de l'inviter à dîner parfois ; et bientôt le camarade vint matin et soir. C'était un farceur ayant le mot pour rire, si bien qu'il finit par désarmer Félicie, inquiète et révoltée devant cette large bouche qui engloutissait les meilleurs morceaux. Le soir, on jouait aux cartes, en tapant sur les Prussiens. Berru, patriote, parlait de creuser des mines, des souterrains dans la campagne, et d'aller ainsi jusque sous leurs batteries de Châtillon et de Montretout, afin de les faire sauter. Puis, il tombait sur le gouvernement, un tas de lâches qui, pour ramener Henri V [2], voulaient ouvrir les portes de Paris à Bismarck. La république de ces traîtres lui faisait

1. C'est le nom d'un personnage réel, Camille Berru, un ancien proscrit de 1851. Zola avait pu le trouver cité dans *Le Voltaire*, journal auquel il collaborait. Voir sur ce point l'article de Roger Ripoll, « Zola et les communards », *Europe*, av.-mai 1968, p. 22, n. 7. **2.** Henri, comte de Chambord, petit-fils de Charles X, né en 1820 après la mort de son père le duc de Berry, était le dernier rejeton des Bourbons de la branche aînée, et donc le prétendant légitimiste au trône de France. Après la mort de Charles X en 1836, ses partisans lui donnèrent le nom de Henri V, qu'il aurait dû prendre en cas de restauration. Il vivait en exil depuis 1830. Au début de 1871, profitant de l'abrogation des lois d'exil, il rentra en France et fit valoir ses droits au trône. Il résidait habituellement au château de Chambord, mais fit plusieurs apparitions à Versailles où se trouvait l'Assemblée. Le rétablissement de la monarchie, un instant tenu pour certain, échoua en 1873, devant l'intransigeance du prétendant, qui n'avait pas voulu renoncer au drapeau blanc. Retiré à Frohsdorf en Autriche, il y mourut en 1883.

hausser les épaules. Ah ! la république ! Et, les deux coudes sur la table, sa courte pipe à la bouche, il expliquait à Damour son gouvernement à lui, tous frères, tous libres, la richesse à tout le monde, la justice et l'égalité régnant partout, en haut et en bas.

« Comme en 93 », ajoutait-il carrément, sans savoir.

Damour restait grave. Lui aussi était républicain, parce que, depuis le berceau, il entendait dire autour de lui que la république serait un jour le triomphe de l'ouvrier, le bonheur universel. Mais il n'avait pas d'idée arrêtée sur la façon dont les choses devaient se passer. Aussi écoutait-il Berru avec attention, trouvant qu'il raisonnait très bien, et que, pour sûr, la république arriverait comme il le disait. Il s'enflammait, il croyait fermement que, si Paris entier, les hommes, les femmes, les enfants, avaient marché sur Versailles en chantant *La Marseillaise*, on aurait culbuté les Prussiens, tendu la main à la province et fondé le gouvernement du peuple, celui qui devait donner des rentes à tous les citoyens.

« Prends garde, répétait Félicie pleine de méfiance, ça finira mal, avec ton Berru. Nourris-le, puisque ça te fait plaisir ; mais laisse-le aller se faire casser la tête tout seul. »

Elle aussi voulait la république. En 48, son père était mort sur une barricade. Seulement, ce souvenir, au lieu de l'affoler, la rendait raisonnable. À la place du peuple, elle savait, disait-elle, comment elle forcerait le gouvernement à être juste : elle se conduirait très bien. Les discours de Berru l'indignaient et lui faisaient peur, parce qu'ils ne lui semblaient pas honnêtes. Elle voyait que Damour changeait, prenait des façons, employait des mots, qui ne lui plaisaient guère. Mais elle était plus inquiète encore de l'air ardent et sombre dont son fils Eugène écoutait Berru.

Le soir, quand Louise s'était endormie sur la table, Eugène croisait les bras, buvait lentement un petit verre d'eau-de-vie, sans parler, les yeux fixés sur le peintre, qui rapportait toujours de Paris quelque histoire extraordinaire de traîtrise : des bonapartistes faisant, de Montmartre, des signaux aux Allemands, ou bien des sacs de farine et des barils de poudre noyés dans la Seine, pour livrer la ville plus tôt.

« En voilà des cancans ! disait Félicie à son fils, quand Berru s'était décidé à partir. Ne va pas te monter la tête, toi ! Tu sais qu'il ment.

— Je sais ce que je sais », répondait Eugène avec un geste terrible.

Vers le milieu de décembre, les Damour avaient mangé leurs économies. À chaque heure, on annonçait une défaite des Prussiens en province, une sortie victorieuse qui allait enfin délivrer Paris ; et le ménage ne fut pas effrayé d'abord, espérant sans cesse que le travail reprendrait. Félicie faisait des miracles, on vécut au jour le jour de ce pain noir du siège, que seule la petite Louise ne pouvait digérer. Alors, Damour et Eugène achevèrent de se monter la tête, ainsi que disait la mère. Oisifs du matin au soir, sortis de leurs habitudes, et les bras mous depuis qu'ils avaient quitté l'étau, ils vivaient dans un malaise, dans un effarement plein d'imaginations baroques et sanglantes. Tous deux s'étaient bien mis d'un bataillon de marche, seulement, ce bataillon, comme beaucoup d'autres, ne sortit même pas des fortifications, caserné dans un poste où les hommes passaient les journées à jouer aux cartes. Et ce fut là que Damour, l'estomac vide, le cœur serré de savoir la misère chez lui, acquit la conviction, en écoutant les nouvelles des uns et des autres, que le gouvernement avait juré d'exterminer le peuple, pour être maître de la république. Berru avait raison : personne n'ignorait qu'Henri V était à Saint-Germain, dans une maison sur laquelle flottait un drapeau blanc. Mais ça finirait. Un de ces quatre matins, on allait leur flanquer des coups de fusil, à ces crapules qui affamaient et qui laissaient bombarder les ouvriers, histoire simplement de faire de la place aux nobles et aux prêtres. Quand Damour rentrait avec Eugène, tous deux enfiévrés par le coup de folie du dehors, ils ne parlaient plus que de tuer le monde, devant Félicie pâle et muette, qui soignait la petite Louise retombée malade, à cause de la mauvaise nourriture.

Cependant, le siège s'acheva, l'armistice fut conclu, et les Prussiens défilèrent dans les Champs-Élysées. Rue des Envierges, on mangea du pain blanc, que Félicie était allée chercher à Saint-Denis. Mais le dîner fut sombre. Eugène, qui avait voulu voir les Prussiens, donnait des détails, lorsque Damour, brandissant une fourchette, cria furieusement qu'il aurait fallu guillotiner tous les généraux. Félicie se fâcha et lui arracha la fourchette. Les jours suivants, comme le travail ne reprenait toujours pas, il se décida à se remettre à l'étau pour son compte : il avait quelques pièces fondues, des flambeaux, qu'il voulait soigner, dans l'espoir de les vendre. Eugène, ne pouvant tenir en place, lâcha la besogne, au bout d'une heure. Quant à Berru, il avait disparu depuis l'armistice ; sans doute, il était tombé ailleurs sur une meilleure table. Mais, un matin, il se présenta très allumé, il raconta l'affaire des canons de Montmartre[1]. Des barricades s'élevaient partout, le

1. À la fin de février 1871, après l'armistice et la fin du siège, la population de Paris, pour éviter que les canons de la garde nationale, payés par des souscriptions populaires, ne tombent aux mains des Prussiens, les avait ramenés vers les hauts lieux de la ville, Montmartre, les Buttes-Chaumont, Belleville. Dans la nuit du 17 au 18 mars, les troupes du général Vinoy reçurent l'ordre de les reprendre. La foule des Parisiens s'y opposa spontanément. Ce fut l'occasion de manifestations de liesse et de fraternisation avec la

triomphe du peuple arrivait enfin ; et il venait chercher Damour, en disant qu'on avait besoin de tous les bons citoyens. Damour quitta son étau, malgré la figure bouleversée de Félicie. C'était la Commune.

Alors, les journées de mars, d'avril et de mai se déroulèrent. Lorsque Damour était las et que sa femme le suppliait de rester à la maison, il répondait :

« Et mes trente sous ? Qui nous donnera du pain ? »

Félicie baissait la tête. Ils n'avaient, pour manger, que les trente sous du père et les trente sous du fils, cette paie de la garde nationale que des distributions de vin et de viande salée augmentaient parfois. Du reste, Damour était convaincu de son droit, il tirait sur les Versaillais comme il aurait tiré sur les Prussiens, persuadé qu'il sauvait la république et qu'il assurait le bonheur du peuple. Après les fatigues et les misères du siège, l'ébranlement de la guerre civile le faisait vivre dans un cauchemar de tyrannie, où il se débattait en héros obscur, décidé à mourir pour la défense de la liberté. Il n'entrait pas dans les complications théoriques de l'idée communaliste [1]. À ses yeux, la Commune était simplement l'âge d'or annoncé, le commencement de la félicité universelle ; tandis qu'il croyait, avec plus d'entêtement encore, qu'il y avait quelque part, à Saint-Germain ou à Versailles, un roi prêt à rétablir l'inquisition et les droits des seigneurs, si on le laissait entrer dans

---

troupe. Mais le soir, les généraux Lecomte et Clément Thomas, qui avaient donné l'ordre de tirer sur les Parisiens, furent fusillés. La Commune de Paris commençait.

1. C'est-à-dire l'ensemble des grandes idées qui inspirent l'action politique des dirigeants de la Commune de Paris : décentralisation, fédération, autonomie et souveraineté de la commune.

Paris. Chez lui, il n'aurait pas été capable d'écraser un insecte ; mais, aux avant-postes, il démolissait les gendarmes, sans un scrupule. Quand il revenait, harassé, noir de sueur et de poudre, il passait des heures auprès de la petite Louise, à l'écouter respirer. Félicie ne tentait plus de le retenir, elle attendait avec son calme de femme avisée la fin de tout ce tremblement.

Pourtant, un jour, elle osa faire remarquer que ce grand diable de Berru, qui criait tant, n'était pas assez bête pour aller attraper des coups de fusil. Il avait eu l'habileté d'obtenir une bonne place dans l'intendance ; ce qui ne l'empêchait pas, quand il venait en uniforme, avec des plumets et des galons, d'exalter les idées de Damour par des discours où il parlait de fusiller les ministres, la Chambre, et toute la boutique, le jour où on irait les prendre à Versailles.

« Pourquoi n'y va-t-il pas lui-même, au lieu de pousser les autres ? » disait Félicie.

Mais Damour répondait :

« Tais-toi. Je fais mon devoir. Tant pis pour ceux qui ne font pas le leur ! »

Un matin, vers la fin d'avril, on rapporta, rue des Envierges, Eugène sur un brancard. Il avait reçu une balle en pleine poitrine, aux Moulineaux. Comme on le montait, il expira dans l'escalier. Quand Damour rentra le soir, il trouva Félicie silencieuse auprès du cadavre de leur fils. Ce fut un coup terrible, il tomba par terre, et elle le laissa sangloter, assis contre le mur, sans rien lui dire, parce qu'elle ne trouvait rien, et que, si elle avait lâché un mot, elle aurait crié : « C'est ta faute ! » Elle avait fermé la porte du cabinet, elle ne faisait pas de bruit, de peur d'effrayer Louise. Aussi alla-t-elle voir si les sanglots du père ne réveillaient pas l'enfant. Lorsqu'il se releva, il regarda longtemps, contre la glace, une photographie d'Eugène, où le jeune homme s'était fait représenter en garde national. Il prit une plume et écrivit au bas de la carte : « Je te vengerai », avec la date et sa signature. Ce fut un soulagement. Le lendemain, un corbillard drapé de grands drapeaux rouges conduisit le corps au Père-Lachaise, suivi d'une foule énorme. Le père marchait tête nue, et la vue des drapeaux, cette pourpre sanglante qui assombrissait encore les bois noirs du corbillard, gonflait son cœur de pensées farouches. Rue des Envierges, Félicie était restée près de Louise. Dès le soir, Damour retourna aux avant-postes tuer des gendarmes.

Enfin, arrivèrent les journées de mai. L'armée de Versailles était dans Paris. Il ne rentra pas de deux jours, il se replia avec son bataillon, défendant les barricades, au milieu des incendies. Il ne savait plus, il tirait des coups de feu dans la fumée, parce que tel était son devoir. Le matin du troisième jour, il reparut rue des Envierges, en lambeaux, chancelant et hébété comme un homme ivre. Félicie le déshabillait et lui lavait les mains avec une serviette mouillée, lorsqu'une voisine dit que les communards tenaient encore dans le Père-Lachaise, et que les Versaillais ne savaient comment les en déloger.

« J'y vais », dit-il simplement.

Il se rhabilla, il reprit son fusil. Mais les derniers défenseurs de la Commune n'étaient pas sur le plateau, dans les terrains nus, où dormait Eugène. Lui, confusément, espérait se faire tuer sur la tombe de son fils. Il ne put même aller jusque-là. Des obus arrivaient, écornaient les grands tombeaux. Entre les ormes, cachés derrière les marbres qui blanchissaient au soleil, quelques gardes nationaux lâchaient encore des coups de feu sur les soldats, dont on voyait les pantalons rouges monter. Et Damour arriva juste à point pour être pris. On fusilla trente-sept de ses compagnons. Ce fut miracle s'il échappa à cette justice sommaire. Comme sa femme venait de lui laver les mains et qu'il n'avait pas tiré, peut-être voulut-on lui faire grâce. D'ailleurs, dans la stupeur de sa lassitude, assommé par tant d'horreurs, jamais il ne s'était rappelé les journées qui avaient suivi. Cela restait en lui à l'état de cauchemars confus : de longues heures passées dans des endroits obscurs, des marches accablantes au soleil, des cris, des coups, des foules béantes au travers desquelles il passait. Lorsqu'il sortit de cette imbécillité, il était à Versailles, prisonnier.

Félicie vint le voir, toujours pâle et calme. Quand elle lui eut appris que Louise allait mieux, ils restèrent muets, ne trouvant plus rien à se dire. En se retirant, pour lui donner du courage, elle ajouta qu'on s'occupait de son affaire et qu'on le tirerait de là. Il demanda :

« Et Berru ?

— Oh ! répondit-elle, Berru est en sûreté... Il a filé trois jours avant l'entrée des troupes, on ne l'inquiétera même pas. »

Un mois plus tard, Damour partait pour la Nouvelle-Calédonie. Il était condamné à la déportation simple. Comme il n'avait eu aucun grade, le conseil de guerre l'aurait peut-être acquitté, s'il n'avait avoué d'un air tranquille qu'il faisait le coup de feu depuis le premier jour. À leur dernière entrevue, il dit à Félicie :

« Je reviendrai. Attends-moi avec la petite. »

Et c'était cette parole que Damour entendait le plus nettement, dans la confusion de ses souvenirs, lorsqu'il s'appesantissait, la tête lourde, devant l'horizon vide de la mer. La nuit qui tombait le surpre-

« On fusilla trente-sept de ses compagnons. »
E. Manet, *La Barricade*, 1871. © AKG.

nait là parfois. Au loin, une tache claire restait longtemps, comme un sillage de navire, trouant les ténèbres croissantes ; et il lui semblait qu'il devait se lever et marcher sur les vagues, pour s'en aller par cette route blanche, puisqu'il avait promis de revenir.

II

À Nouméa, Damour se conduisait bien. Il avait trouvé du travail, on lui faisait espérer sa grâce. C'était un homme très doux, qui aimait à jouer avec les enfants. Il ne s'occupait plus de politique, fréquentait peu ses compagnons, vivait solitaire ; on ne pouvait lui reprocher que de boire de loin en loin, et encore avait-il l'ivresse bonne enfant, pleurant à chaudes larmes, allant se coucher de lui-même. Sa grâce paraissait donc certaine, lorsqu'un jour il disparut. On fut stupéfait d'apprendre qu'il s'était évadé avec quatre de ses compagnons. Depuis deux ans, il avait reçu plusieurs lettres de Félicie, d'abord régulières, bientôt plus rares et sans suite. Lui-même écrivait assez souvent. Trois mois se passèrent sans nouvelles. Alors, un désespoir l'avait pris, devant cette grâce qu'il lui faudrait peut-être attendre deux années encore ; et il avait tout risqué, dans une de ces heures de fièvre dont on se repent le lendemain. Une semaine plus tard, on trouva sur la côte, à quelques lieues, une barque brisée et les cadavres de trois des fugitifs, nus et décomposés déjà, parmi lesquels des témoins affirmèrent qu'ils reconnaissaient Damour. C'étaient la même taille et la même barbe. Après une enquête sommaire, les formalités eurent lieu, un acte de décès fut dressé, puis envoyé en France sur la demande de la veuve, que l'Administration avait avertie. Toute la presse s'occupa de l'aventure, un récit très dramatique de l'évasion et de son dénouement tragique passa dans les journaux du monde entier.

Cependant, Damour vivait. On l'avait confondu avec un de ses compagnons, et cela d'une façon d'autant plus surprenante que les deux hommes ne se ressemblaient pas. Tous deux, simplement, portaient leur barbe longue. Damour et le quatrième évadé, qui avait survécu comme par miracle, se séparèrent, dès qu'ils furent arrivés sur une terre anglaise ; ils ne se revirent jamais, sans doute l'autre mourut de la fièvre jaune, qui faillit emporter Damour lui-même. Sa première pensée avait été de prévenir Félicie par une lettre. Mais un journal étant tombé entre ses mains, il y trouva le récit de son évasion et la nouvelle de sa mort. Dès ce moment, une lettre lui parut imprudente ; on pouvait l'intercepter, la lire, arriver ainsi à la vérité. Ne valait-il pas mieux rester mort pour tout le monde ? Personne ne s'inquiéterait plus de lui, il rentrerait librement en France, où il attendrait l'amnistie pour se faire reconnaître. Et ce fut alors qu'une terrible attaque de fièvre jaune le retint pendant des semaines, dans un hôpital perdu.

Lorsque Damour entra en convalescence, il éprouva une paresse invincible. Pendant plusieurs mois, il resta très faible encore et sans volonté. La fièvre l'avait comme vidé de tous ses désirs anciens. Il ne souhaitait rien, il se demandait à quoi bon. Les images de Félicie et de Louise s'étaient effacées. Il les voyait bien toujours, mais très loin, dans un brouillard, où il hésitait parfois à les reconnaître. Sans doute, dès qu'il serait fort, il partirait pour les rejoindre. Puis, quand il fut enfin debout, un autre plan l'occupa tout entier. Avant d'aller retrouver sa femme et sa fille, il rêva de gagner une fortune. Que ferait-il à Paris ? il crèverait de faim, il serait obligé de se remettre à son étau, et peut-être même ne trouverait-il plus de travail, car il se sentait terriblement vieilli. Au contraire, s'il passait en Amérique, en quelques mois il amasserait une centaine de mille francs, chiffre modeste auquel il s'arrêtait, au milieu des histoires prodigieuses de millions dont bourdonnaient ses oreilles. Dans une mine d'or qu'on lui indiquait, tous les hommes, jusqu'aux plus humbles terrassiers, roulaient carrosse au bout de six mois. Et il arrangeait déjà sa vie : il rentrait en France avec ses cent mille francs, achetait une petite maison du côté de Vincennes, vivait là de trois ou quatre mille francs de rente, entre Félicie et Louise, oublié, heureux, débarrassé de la politique. Un mois plus tard, Damour était en Amérique.

Alors, commença une existence trouble qui le roula au hasard, dans un flot d'aventures à la fois étranges et vulgaires. Il connut toutes les misères, il toucha à toutes les fortunes. Trois fois, il crut avoir enfin ses cent mille francs ; mais tout coulait entre ses doigts, on le volait, il se dépouillait lui-même dans un dernier effort. En somme, il souffrit, travailla beaucoup, et resta sans une chemise. Après des courses aux quatre points du monde, les événements le jetèrent en Angleterre. De là, il tomba à Bruxelles, à la frontière même de la France. Seulement, il ne songeait plus à y rentrer. Dès son arrivée en Amérique, il avait fini par écrire à Félicie. Trois lettres étant restées sans réponse, il en était réduit aux suppositions : ou l'on interceptait ses lettres, ou sa femme était morte, ou elle avait elle-même quitté Paris. À un an de distance, il fit encore une tentative inutile. Pour ne pas se vendre, si l'on ouvrait ses lettres, il écrivait sous un nom supposé, entretenant Félicie d'une affaire imaginaire, comptant bien qu'elle reconnaîtrait son écriture et qu'elle comprendrait. Ce grand silence avait comme endormi ses souvenirs. Il était mort, il n'avait personne au monde, plus rien n'importait. Pendant près d'un an, il travailla dans une mine de charbon, sous terre, ne voyant plus le soleil, absolument supprimé, mangeant et dormant, sans rien désirer au-delà.

Un soir, dans un cabaret, il entendit un homme dire que l'amnistie venait d'être votée [1] et que tous les communards rentraient. Cela l'éveilla. Il reçut une secousse, il éprouva un besoin de partir avec les autres, d'aller revoir là-bas la rue où il avait logé. Ce fut d'abord une simple poussée instinctive. Puis, dans le wagon qui le ramenait, sa tête travailla, il songea qu'il pouvait maintenant reprendre sa place au soleil, s'il parvenait à découvrir Félicie et Louise. Des espoirs lui remontaient au cœur ; il était libre, il les chercherait ouvertement ; et il finissait par croire qu'il allait les retrouver bien tranquilles, dans leur logement de la rue des Envierges, la nappe mise, comme si elles l'avaient attendu. Tout s'expliquerait, quelque malentendu très simple. Il irait à sa mairie, se nommerait, et le ménage recommencerait sa vie d'autrefois.

À Paris, la gare du Nord était pleine d'une foule tumultueuse. Des acclamations s'élevèrent, dès que les voyageurs parurent, un enthousiasme fou, des

---

1. L'amnistie pour les condamnés de la Commune fut votée en deux temps : amnistie partielle le 4 mars 1879, amnistie totale le 11 juillet 1880. C'est à cette dernière date que Jacques Damour a dû rentrer en France, après un peu plus de neuf ans d'exil. Rappelons que la nouvelle est parue dans *Le Messager de l'Europe* en août 1880 : son sujet est donc directement inspiré par l'actualité.

bras qui agitaient des chapeaux, des bouches ouvertes qui hurlaient un nom. Damour eut peur un instant : il ne comprenait pas, il s'imaginait que tout ce monde était venu là pour le huer au passage. Puis, il reconnut le nom qu'on acclamait, celui d'un membre de la Commune qui se trouvait justement dans le même train, un contumace illustre auquel le peuple faisait une ovation. Damour le vit passer, très engraissé, l'œil humide, souriant, ému de cet accueil. Quand le héros fut monté dans un fiacre, la foule parla de dételer le cheval. On s'écrasait, le flot humain s'engouffra dans la rue La Fayette, une mer de têtes, au-dessus desquelles on aperçut longtemps le fiacre rouler lentement, comme un char de triomphe. Et Damour, bousculé, écrasé, eut beaucoup de peine à gagner les boulevards extérieurs. Personne ne faisait attention à lui. Toutes ses souffrances, Versailles, la traversée, Nouméa, lui revinrent, dans un hoquet d'amertume.

Mais, sur les boulevards extérieurs, un attendrissement le prit. Il oublia tout, il lui semblait qu'il venait de reporter du travail dans Paris, et qu'il rentrait tranquillement rue des Envierges. Dix années de son existence se comblaient, si pleines et si confuses, qu'elles lui semblaient, derrière lui, n'être plus que le simple prolongement du trottoir. Pourtant, il éprouvait quelque étonnement, dans ces habitudes d'autrefois où il rentrait avec tant d'aisance. Les boulevards extérieurs devaient être plus larges ; il s'arrêta pour lire des enseignes, surpris de les voir là. Ce n'était pas la joie franche de poser le pied sur ce coin de terre regretté ; c'était un mélange de tendresse, où chantaient des refrains de romance, et d'inquiétude sourde, l'inquiétude de l'inconnu, devant ces vieilles choses connues qu'il retrouvait. Son trouble grandit encore, lorsqu'il approcha de la rue des Envierges. Il se sentait mollir, il avait des envies de ne pas aller plus loin, comme si une catastrophe l'attendait. Pourquoi revenir ? Qu'allait-il faire là ?

Enfin, rue des Envierges, il passa trois fois devant la maison, sans pouvoir entrer. En face, la boutique du charbonnier avait disparu ; c'était maintenant une boutique de fruitière ; et la femme qui était sur la porte lui sembla si bien portante, si carrément chez elle, qu'il n'osa pas l'interroger, comme il en avait eu l'idée d'abord. Il préféra risquer tout, en marchant droit à la loge de la concierge. Que de fois il avait ainsi tourné à gauche, au bout de l'allée, et frappé au petit carreau !

« Mme Damour, s'il vous plaît ?

— Connais pas... Nous n'avons pas ça ici. »

Il était resté immobile. À la place de la concierge d'autrefois, une femme énorme, il avait devant lui une petite femme sèche, hargneuse, qui le regardait d'un air soupçonneux. Il reprit :

« Mme Damour demeurait au fond, il y a dix ans.

— Dix ans ! cria la concierge. Ah ! bien ! il a passé de l'eau sous les ponts !... Nous ne sommes ici que du mois de janvier.

— Mme Damour a peut-être laissé son adresse.

— Non. Connais pas. »

Et, comme il s'entêtait, elle se fâcha, elle menaça d'appeler son mari.

« Ah ! çà, finirez-vous de moucharder[1] dans la maison !... Il y a un tas de gens qui s'introduisent... »

Il rougit et se retira en balbutiant, honteux de son pantalon effiloqué et de sa vieille blouse sale. Sur le trottoir, il s'en alla, la tête basse ; puis, il revint, car il ne pouvait se décider à partir ainsi. C'était comme

1. Au sens premier de « faire le mouchard », « espionner ».

un adieu éternel qui le déchirait. On aurait pitié de lui, on lui donnerait quelque renseignement. Et il levait les yeux, regardait les fenêtres, examinait les boutiques, cherchant à se reconnaître. Dans ces maisons pauvres où les congés tombent dru comme grêle, dix années avaient suffi pour changer presque tous les locataires. D'ailleurs, une prudence lui restait, mêlée de honte, une sorte de sauvagerie effrayée, qui le faisait trembler à l'idée d'être reconnu. Comme il redescendait la rue, il aperçut enfin des figures de connaissance, la marchande de tabac, un épicier, une blanchisseuse, la boulangère où ils se fournissaient autrefois. Alors, pendant un quart d'heure, il hésita, se promena devant les boutiques, en se demandant dans laquelle il oserait entrer, pris d'une sueur, tellement il souffrait du combat qui se livrait en lui. Ce fut le cœur défaillant qu'il se décida pour la boulangère, une femme endormie, toujours blanche comme si elle sortait d'un sac de farine. Elle le regarda et ne bougea pas de son comptoir. Certainement, elle ne le reconnaissait pas, avec sa peau hâlée, son crâne nu, cuit par les grands soleils, sa longue barbe dure qui lui mangeait la moitié du visage. Cela lui rendit quelque hardiesse, et en payant un pain d'un sou, il se hasarda à demander :

« Est-ce que vous n'avez pas, parmi vos clientes, une femme avec une petite fille ?... Mme Damour ? »

La boulangère resta songeuse ; puis, de sa voix molle :

« Ah ! oui, autrefois, c'est possible... Mais il y a longtemps. Je ne sais plus... On voit tant de monde ! »

Il dut se contenter de cette réponse. Les jours suivants, il revint, plus hardi, questionnant les gens ; mais partout il trouva la même indifférence, le même oubli, avec des renseignements contradictoires qui l'égaraient davantage. En somme, il paraissait certain que Félicie avait quitté le quartier environ deux ans après son départ pour Nouméa, au moment même où il s'évadait. Et personne ne connaissait son adresse, les uns parlaient du Gros-Caillou, les autres de Bercy. On ne se souvenait même plus de la petite Louise. C'était fini, il s'assit un soir sur un banc du boulevard extérieur et se mit à pleurer, en se disant qu'il ne chercherait pas davantage. Qu'allait-il devenir ? Paris lui semblait vide. Les quelques sous qui lui avaient permis de rentrer en France s'épuisaient. Un instant, il résolut de retourner en Belgique dans sa mine de charbon, où il faisait si noir et où il avait vécu sans un souvenir, heureux comme une bête, dans l'écrasement du sommeil de la terre. Pourtant, il resta, et il resta misérable, affamé, sans pouvoir se procurer du travail. Partout on le repoussait, on le trouvait trop vieux. Il n'avait que cinquante-cinq ans ; mais on lui en donnait soixante-dix, dans le décharnement de ses dix années de souffrance. Il rôdait comme un loup, il allait voir les chantiers des monuments brûlés par la Commune, cherchait les besognes que l'on confie aux enfants et aux infirmes. Un tailleur de pierre qui travaillait à l'Hôtel de Ville promettait de lui faire avoir la garde de leurs outils ; mais cette promesse tardait à se réaliser, et il crevait de faim.

Un jour que, sur le pont Notre-Dame, il regardait couler l'eau avec le vertige des pauvres que le suicide attire, il s'arracha violemment du parapet et, dans ce mouvement, faillit renverser un passant, un grand gaillard en blouse blanche, qui se mit à l'injurier.

« Sacrée brute ! »

Mais Damour était demeuré béant, les yeux fixés sur l'homme.

« Berru ! » cria-t-il enfin.

C'était Berru en effet, Berru qui n'avait changé qu'à son avantage, la mine fleurie, l'air plus jeune. Depuis son retour, Damour avait souvent songé à lui ; mais où trouver le camarade qui déménageait de garni tous les quinze jours ? Cependant le peintre écarquillait les yeux, et quand l'autre se fut nommé, la voix tremblante, il refusa de le croire.

« Pas possible ! Quelle blague ! »

Pourtant il finit par le reconnaître, avec des exclamations qui commençaient à ameuter le trottoir.

« Mais tu étais mort !... Tu sais, si je m'attendais à celle-là ! On ne se fiche pas du monde de la sorte... Voyons, voyons, est-ce bien vrai que tu es vivant ? »

Damour parlait bas, le suppliant de se taire. Berru, qui trouvait ça très farce au fond, finit par le prendre sous le bras et l'emmena chez un marchand de vin de la rue Saint-Martin. Et il l'accablait de questions, il voulait savoir.

« Tout à l'heure, dit Damour, quand ils furent attablés dans un cabinet. Avant tout, et ma femme ? »

Berru le regarda d'un air stupéfait.

« Comment, ta femme ?

— Oui, où est-elle ? Sais-tu son adresse ? »

La stupéfaction du peintre augmentait. Il dit lentement :

« Sans doute, je sais son adresse... Mais toi tu ne sais donc pas l'histoire ?

— Quoi ? Quelle histoire ? »

Alors, Berru éclata.

« Ah ! celle-là est plus forte, par exemple ! Comment ! tu ne sais rien ?... Mais ta femme est remariée, mon vieux ! »

Damour, qui tenait son verre, le reposa sur la table, pris d'un tel tremblement, que le vin coulait entre ses doigts. Il les essuyait à sa blouse, et répétait d'une voix sourde :

« Qu'est-ce que tu dis ? remariée, remariée... Tu es sûr ?

— Parbleu ! tu étais mort, elle s'est remariée ; ça n'a rien d'étonnant... Seulement, c'est drôle, parce que voilà que tu ressuscites. »

Et, pendant que le pauvre homme restait pâle, les lèvres balbutiantes, le peintre lui donna des détails. Félicie, maintenant, était très heureuse. Elle avait épousé un boucher de la rue des Moines, aux Batignolles, un veuf dont elle conduisait joliment les affaires. Sagnard, le boucher s'appelait Sagnard, était un gros homme de soixante ans, mais parfaitement conservé. À l'angle de la rue Nollet, la boutique, une des mieux achalandées du quartier, avait des grilles peintes en rouge, avec des têtes de bœuf dorées, aux deux coins de l'enseigne.

« Alors, qu'est-ce que tu vas faire ? » répétait Berru, après chaque détail.

Le malheureux, que la description de la boutique étourdissait, répondait d'un geste vague de la main. Il fallait voir.

« Et Louise ? demanda-t-il tout d'un coup.

— La petite ? ah ! je ne sais pas... Ils l'auront mise quelque part pour s'en débarrasser, car je ne l'ai pas vue avec eux... C'est vrai, ça, ils pourraient toujours te rendre l'enfant, puisqu'ils n'en font rien. Seulement, qu'est-ce que tu deviendrais, avec une gaillarde de vingt ans, toi qui n'as pas l'air d'être à la noce ? Hein ? sans te blesser, on peut bien dire qu'on te donnerait deux sous dans la rue. »

Damour avait baissé la tête, étranglé, ne trouvant plus un mot. Berru commanda un second litre et voulut le consoler.

« Voyons, que diable ! puisque tu es en vie, rigole

un peu. Tout n'est pas perdu, ça s'arrangera... Que vas-tu faire ? »

Et les deux hommes s'enfoncèrent dans une discussion interminable, où les mêmes arguments revenaient sans cesse. Ce que le peintre ne disait pas, c'était que, tout de suite après le départ du déporté, il avait tâché de se mettre avec Félicie, dont les fortes épaules le séduisaient. Aussi gardait-il contre elle une sourde rancune de ce qu'elle lui avait préféré le boucher Sagnard, à cause de sa fortune sans doute. Quand il eut fait venir un troisième litre, il cria :

« Moi, à ta place, j'irais chez eux, et je m'installerais, et je flanquerais le Sagnard à la porte, s'il m'embêtait... Tu es le maître, après tout. La loi est pour toi. »

Peu à peu, Damour se grisait, le vin faisait monter des flammes à ses joues blêmes. Il répétait qu'il faudrait voir. Mais Berru le poussait toujours, lui tapait sur les épaules, en lui demandant s'il était un homme. Bien sûr qu'il était un homme ; et il l'avait tant aimée, cette femme ! Il l'aimait encore à mettre le feu à Paris, pour la ravoir. Eh bien ! alors, qu'est-ce qu'il attendait ? Puisqu'elle était à lui, il n'avait qu'à la reprendre. Les deux hommes, très gris, se parlaient violemment dans le nez.

« J'y vais ! dit tout d'un coup Damour en se mettant péniblement debout.

— À la bonne heure ! c'était trop lâche ! cria Berru. J'y vais avec toi. »

Et ils partirent pour les Batignolles.

III

Au coin de la rue des Moines et de la rue Nollet, la boutique, avec ses grilles rouges et ses têtes de bœuf dorées, avait un air riche. Des quartiers de bêtes pendaient sur des nappes blanches, tandis que des files de gigots, dans des cornets de papier à bordure de dentelle, comme des bouquets, faisaient des guirlandes. Il y avait des entassements de chair, sur les tables de marbre, des morceaux coupés et parés, le veau rose, le mouton pourpre, le bœuf écarlate, dans les marbrures de la graisse. Des bassins de cuivre, le fléau d'une balance, les crochets d'un râtelier, luisaient. Et c'était une abondance, un épanouissement de santé dans la boutique claire, pavée de marbre, ouverte au grand jour, une bonne odeur de viande fraîche qui semblait mettre du sang aux joues de tous les gens de la maison.

Au fond, en plein dans le coup de clarté de la rue, Félicie occupait un haut comptoir, où des glaces la protégeaient des courants d'air. Là-dedans, dans les gais reflets, dans la lueur rose de la boutique, elle était très fraîche, de cette fraîcheur pleine et mûre des femmes qui ont dépassé la quarantaine. Propre, lisse de peau, avec ses bandeaux noirs et son col blanc, elle avait la gravité souriante et affairée d'une bonne commerçante, qui, une plume à la main, l'autre main dans la monnaie du comptoir, représente l'honnêteté et la prospérité d'une maison[1]. Des garçons coupaient, pesaient, criaient des chiffres ;

1. La boucherie Sagnard ressemble à la charcuterie Quenu du *Ventre de Paris*, tout comme Félicie rappelle par sa « fraîcheur pleine et mûre » la belle Lisa, patronne de la charcuterie.

des clientes défilaient devant la caisse ; et elle recevait leur argent, en échangeant d'une voix aimable les nouvelles du quartier. Justement, une petite femme, au visage maladif, payait deux côtelettes, qu'elle regardait d'un œil dolent.

« Quinze sous, n'est-ce pas ? dit Félicie. Ça ne va donc pas mieux, madame Vernier ?

— Non, ça ne va pas mieux, toujours l'estomac. Je rejette tout ce que je prends. Enfin, le médecin dit qu'il me faut de la viande ; mais c'est si cher !... Vous savez que le charbonnier est mort.

— Pas possible !

— Lui, ce n'était pas l'estomac, c'était le ventre... Deux côtelettes, quinze sous ! La volaille est moins chère.

— Dame ! ce n'est pas notre faute, madame Vernier. Nous ne savons plus comment nous en tirer nous-mêmes... Qu'y a-t-il, Charles ? »

Tout en causant et en rendant la monnaie, elle avait l'œil à la boutique, et elle venait d'apercevoir un garçon qui causait avec deux hommes sur le trottoir. Comme le garçon ne l'entendait pas, elle éleva la voix davantage.

« Charles, que demande-t-on ? »

Mais elle n'attendit pas la réponse. Elle avait reconnu l'un des deux hommes qui entraient, celui qui marchait le premier.

« Ah ! c'est vous, monsieur Berru. »

Et elle ne paraissait guère contente, les lèvres pincées dans une légère moue de mépris. Les deux hommes, de la rue Saint-Martin aux Batignolles, avaient fait plusieurs stations chez des marchands de vin, car la course était longue, et ils avaient la bouche sèche, causant très haut, discutant toujours. Aussi paraissaient-ils fortement allumés. Damour avait reçu un coup au cœur, sur le trottoir d'en face, lorsque Berru, d'un geste brusque, lui avait montré Félicie, si belle et si jeune, dans les glaces du comptoir, en disant : « Tiens ! la v'là ! » Ce n'était pas possible, ça devait être Louise qui ressemblait ainsi à sa mère ; car, pour sûr, Félicie était plus vieille. Et toute cette boutique riche, les viandes qui saignaient, les cuivres qui luisaient, puis cette femme bien mise, l'air bourgeois, la main dans un tas d'argent, lui enlevaient sa colère et son audace, en lui causant une véritable peur. Il avait une envie de se sauver à toutes jambes, pris de honte, pâlissant à l'idée d'entrer là-dedans. Jamais cette dame ne consentirait maintenant à le reprendre, lui qui avait une si fichue mine, avec sa grande barbe et sa blouse sale. Il tournait les talons, il allait enfiler la rue des Moines, pour qu'on ne l'aperçût même pas, lorsque Berru le retint.

« Tonnerre de Dieu ! tu n'as donc pas de sang dans les veines !... Ah bien ! à ta place, c'est moi qui ferais danser la bourgeoise ! Et je ne m'en irais pas sans partager ; oui, la moitié des gigots et du reste... Veux-tu bien marcher, poule mouillée ! »

Et il avait forcé Damour à traverser la rue. Puis, après avoir demandé à un garçon si M. Sagnard était là, et ayant appris que le boucher se trouvait à l'abattoir, il était entré le premier, pour brusquer les choses. Damour le suivait, étranglé, l'air imbécile.

« Qu'y a-t-il pour votre service, monsieur Berru ? reprit Félicie de sa voix peu engageante.

— Ce n'est pas moi, répondit le peintre, c'est le camarade qui a quelque chose à vous dire. »

Il s'était effacé, et maintenant Damour se trouvait face à face avec Félicie. Elle le regardait ; lui, affreusement gêné, souffrant une torture, baissait les yeux. D'abord, elle eut sa moue de dégoût, son calme et heureux visage exprima une répulsion pour ce vieil ivrogne, ce misérable, qui sentait la pauvreté. Mais elle le regardait toujours ; et, brusquement, sans qu'elle eût échangé un mot avec lui, elle devint blanche, étouffant un cri, lâchant la monnaie qu'elle tenait, et dont on entendit le tintement clair dans le tiroir.

« Quoi donc ? vous êtes malade ? » demanda Mme Vernier, qui était restée curieusement.

Félicie eut un geste de la main, pour écarter tout le monde. Elle ne pouvait parler. D'un mouvement pénible, elle s'était mise debout et marchait vers la salle à manger, au fond de la boutique. Sans qu'elle leur eût dit de la suivre, les deux hommes disparurent derrière elle, Berru ricanant, Damour les yeux toujours fixés sur les dalles couvertes de sciure, comme s'il avait craint de tomber.

« Eh bien ! c'est drôle tout de même ! » murmura Mme Vernier, quand elle fut seule avec les garçons.

Ceux-ci s'étaient arrêtés de couper et de peser, échangeant des regards surpris. Mais ils ne voulurent pas se compromettre, et ils se remirent à la besogne, l'air indifférent, sans répondre à la cliente, qui s'en alla avec ses deux côtelettes sur la main, en les étudiant d'un regard maussade.

Dans la salle à manger, Félicie parut ne pas se trouver encore assez seule. Elle poussa une seconde porte et fit entrer les deux hommes dans sa chambre à coucher. C'était une chambre très soignée, close, silencieuse, avec des rideaux blancs au lit et à la fenêtre, une pendule dorée, des meubles d'acajou dont le vernis luisait, sans un grain de poussière. Félicie se laissa tomber dans un fauteuil de reps bleu, et elle répétait ces mots :

« C'est vous... C'est vous... »

Damour ne trouva pas une phrase. Il examinait la chambre, et il n'osait s'asseoir, parce que les chaises lui semblaient trop belles. Aussi fut-ce encore Berru qui commença.

« Oui, il y a quinze jours qu'il vous cherche... Alors, il m'a rencontré, et je l'ai amené. »

Puis, comme s'il eût éprouvé le besoin de s'excuser auprès d'elle :

« Vous comprenez, je n'ai pu faire autrement. C'est un ancien camarade, et ça m'a retourné le cœur, quand je l'ai vu à ce point dans la crotte. »

Pourtant, Félicie se remettait un peu. Elle était la plus raisonnable, la mieux portante aussi. Quand elle n'étrangla plus, elle voulut sortir d'une situation intolérable et entama la terrible explication.

« Voyons, Jacques, que viens-tu demander ? »

Il ne répondit pas.

« C'est vrai, continua-t-elle, je me suis remariée. Mais il n'y a pas de ma faute, tu le sais. Je te croyais mort, et tu n'as rien fait pour me tirer d'erreur. »

Damour parla enfin.

« Si, je t'ai écrit.

— Je te jure que je n'ai pas reçu tes lettres. Tu me connais, tu sais que je n'ai jamais menti... Et, tiens ! j'ai l'acte ici, dans un tiroir. »

Elle ouvrit un secrétaire, en tira fiévreusement un papier et le donna à Damour, qui se mit à le lire d'un air hébété. C'était son acte de décès. Elle ajoutait :

« Alors, je me suis vue toute seule, j'ai cédé à l'offre d'un homme qui voulait me sortir de ma misère et de mes tourments... Voilà toute ma faute. Je me suis laissé tenter par l'idée d'être heureuse. Ce n'est pas un crime, n'est-ce pas ? »

Il l'écoutait, la tête basse, plus humble et plus gêné qu'elle-même. Pourtant il leva les yeux.

« Et ma fille ? » demanda-t-il.

Félicie s'était remise à trembler. Elle balbutia :

« Ta fille ?... Je ne sais pas, je ne l'ai plus.

— Comment ?

— Oui, je l'avais placée chez ma tante... Elle s'est sauvée, elle a mal tourné. »

Damour, un instant, resta muet, l'air très calme, comme s'il n'avait pas compris. Puis, brusquement, lui si embarrassé, donna un coup de poing sur la commode, d'une telle violence, qu'une boîte en coquillages dansa au milieu du marbre. Mais il n'eut pas le temps de parler, car deux enfants, un petit garçon de six ans et une fillette de quatre, venaient d'ouvrir la porte et de se jeter au cou de Félicie, avec toute une explosion de joie.

« Bonjour, petite mère, nous sommes allés au jardin, là-bas, au bout de la rue... Françoise a dit comme ça qu'il fallait rentrer... Oh ! si tu savais, il y a du sable, et il y a des poulets dans l'eau...

— C'est bien, laissez-moi », dit la mère rudement.

Et, appelant la bonne :

« Françoise, remmenez-les... C'est stupide, de rentrer à cette heure-ci. »

Les enfants se retirèrent, le cœur gros, tandis que la bonne, blessée du ton de Madame, se fâchait, en les poussant tous deux devant elle. Félicie avait eu la peur folle que Jacques ne volât les petits ; il pouvait les jeter sur son dos et se sauver. Berru, qu'on n'invitait point à s'asseoir, s'était allongé tranquillement dans le second fauteuil, après avoir murmuré à l'oreille de son ami :

« Les petits Sagnard... Hein ? ça pousse vite, la graine de mioches ! »

Quand la porte fut refermée, Damour donna un autre coup de poing sur la commode, en criant :

« Ce n'est pas tout ça, il me faut ma fille, et je viens pour te reprendre. »

Félicie était toute glacée.

« Assieds-toi et causons, dit-elle. Ça n'avancera à rien, de faire du bruit... Alors, tu viens me chercher ?

— Oui, tu vas me suivre et tout de suite... Je suis ton mari, le seul bon. Oh ! je connais mon droit... N'est-ce pas, Berru, que c'est mon droit ?... Allons, mets un bonnet, sois gentille, si tu ne veux pas que tout le monde connaisse nos affaires. »

Elle le regardait, et malgré elle son visage bouleversé disait qu'elle ne l'aimait plus, qu'il l'effrayait et la dégoûtait, avec sa vieillesse affreuse de misérable. Quoi ! elle si blanche, si dodue, accoutumée maintenant à toutes les douceurs bourgeoises, recommencerait sa vie rude et pauvre d'autrefois, en compagnie de cet homme qui lui semblait un spectre !

« Tu refuses, reprit Damour qui lisait sur son visage. Oh ! je comprends, tu es habituée à faire la dame dans un comptoir ; et moi, je n'ai pas de belle boutique, ni de tiroir plein de monnaie, où tu puisses tripoter à ton aise... Puis, il y a les petits de tout à l'heure, que tu m'as l'air de mieux garder que Louise. Quand on a perdu la fille, on se fiche bien du père !... Mais tout ça m'est égal. Je veux que tu viennes, et tu viendras, ou bien je vais aller chez le commissaire de police, pour qu'il te ramène chez moi avec les gendarmes... C'est mon droit, n'est-ce pas, Berru ? »

Le peintre appuya de la tête. Cette scène l'amusait beaucoup. Pourtant, quand il vit Damour furieux, grisé de ses propres phrases, et Félicie à bout de force, près de sangloter et de défaillir, il crut devoir jouer un beau rôle. Il intervint, en disant d'un ton sentencieux :

« Oui, oui, c'est ton droit ; mais il faut voir, il faut réfléchir... Moi, je me suis toujours conduit proprement... Avant de rien décider, il serait convenable de causer avec M. Sagnard, et puisqu'il n'est pas là... »

Il s'interrompit, puis continua, la voix changée, tremblante d'une fausse émotion :

« Seulement, le camarade est pressé. C'est dur d'attendre, dans sa position... Ah ! madame, si vous saviez combien il a souffert ! Et, maintenant, pas un radis, il crève de faim, on le repousse de partout... Lorsque je l'ai rencontré tout à l'heure, il n'avait pas mangé depuis hier. »

Félicie, passant de la crainte à un brusque attendrissement, ne put retenir les larmes qui l'étouffaient. C'était une tristesse immense, le regret et le dégoût de la vie. Un cri lui échappa :

« Pardonne-moi, Jacques ! »

Et, quand elle put parler :

« Ce qui est fait est fait. Mais je ne veux pas que tu sois malheureux... Laisse-moi venir à ton aide. »

Damour eut un geste violent.

« Bien sûr, dit vivement Berru, la maison est assez pleine ici, pour que ta femme ne te laisse pas le ventre vide... Mettons que tu refuses l'argent, tu peux toujours accepter un cadeau. Quand vous ne lui donneriez qu'un pot-au-feu, il se ferait un peu de bouillon, n'est-ce pas, madame ?

— Oh ! tout ce qu'il voudra, monsieur Berru. »

Mais il se remit à taper sur la commode, criant :

« Merci, je ne mange pas de ce pain-là. »

Et, venant regarder sa femme dans les yeux :

« C'est toi seule que je veux, et je t'aurai... Garde ta viande ! »

Félicie avait reculé, reprise de répugnance et d'effroi. Damour alors devint terrible, parla de tout casser, s'emporta en accusations abominables. Il voulait l'adresse de sa fille, il secouait sa femme dans le fauteuil, en lui criant qu'elle avait vendu la petite ;

et elle, sans se défendre, dans la stupeur de tout ce qui lui arrivait, répétait d'une voix lente qu'elle ne savait pas l'adresse, mais que pour sûr on l'aurait à la préfecture de police. Enfin, Damour, qui s'était installé sur une chaise, dont il jurait que le diable ne le ferait pas bouger, se leva brusquement ; et, après un dernier coup de poing, plus violent que les autres :

« Eh bien ! tonnerre de Dieu ! je m'en vais... Oui, je m'en vais, parce que ça me fait plaisir... Mais tu ne perdras pas pour attendre, je reviendrai quand ton homme sera là, et je vous arrangerai, lui, toi, les mioches, toute ta sacrée baraque... Attends-moi, tu verras ! »

Il sortit en la menaçant du poing. Au fond, il était soulagé d'en finir ainsi. Berru, resté en arrière, dit d'un ton conciliant, enchanté d'être dans ces histoires :

« N'ayez pas peur, je ne le quitte pas... Il faut éviter un malheur. »

Même il s'enhardit jusqu'à lui saisir la main et à la baiser. Elle le laissa faire, elle était rompue ; si son mari l'avait prise par le bras, elle serait partie avec lui. Pourtant, elle écouta les pas des deux hommes qui traversaient la boutique. Un garçon, à grands coups de couperet, taillait un carré de mouton. Des voix criaient des chiffres. Alors, son instinct de bonne commerçante la ramena dans son comptoir, au milieu des glaces claires, très pâle, mais très calme, comme si rien ne s'était passé.

« Combien à recevoir ? demanda-t-elle.

— Sept francs cinquante, madame. »

Et elle rendit la monnaie.

« ... le tailleur de pierre le fit entrer comme gardien au chantier de l'Hôtel de ville. »
Les ruines de l'Hôtel de ville après l'incendie du 24 mai 1871. © AKG.

IV

Le lendemain, Damour eut une chance : le tailleur de pierre le fit entrer comme gardien au chantier de l'Hôtel de Ville. Et il veilla ainsi sur le monument qu'il avait aidé à brûler, dix années plus tôt. C'était, en somme, un travail doux, une de ces besognes d'abrutissement qui engourdissent. La nuit, il rôdait au pied des échafaudages, écoutant les bruits, s'endormant parfois sur des sacs à plâtre. Il ne parlait plus de retourner aux Batignolles. Un jour pourtant, Berru étant venu lui payer à déjeuner, il avait crié au troisième litre que le grand coup était pour le lendemain. Le lendemain, il n'avait pas bougé du chantier. Et, dès lors, ce fut réglé, il ne s'emportait et ne réclamait ses droits que dans l'ivresse. Quand il était à jeun, il restait sombre, préoccupé et comme honteux. Le peintre avait fini par le plaisanter, en répétant qu'il n'était pas un homme. Mais lui, demeurait grave. Il murmurait :

« Faut les tuer alors !... J'attends que ça me dise. »

Un soir, il partit, alla jusqu'à la place Moncey ; puis, après être resté une heure sur un banc, il redescendit à son chantier. Dans la journée, il croyait avoir vu passer sa fille devant l'Hôtel de Ville, étalée sur les coussins d'un landau superbe. Berru lui offrait de faire des recherches, certain de trouver l'adresse de Louise, au bout de vingt-quatre heures. Mais il refusait. À quoi bon savoir ? Cependant, cette pensée que sa fille pouvait être la belle personne, si bien mise, qu'il avait entrevue, au trot de deux grands chevaux blancs, lui retournait le cœur. Sa tristesse en augmenta. Il acheta un couteau et le montra à son camarade, en disant que c'était pour saigner le boucher. La phrase lui plaisait, il la répétait continuellement, avec un rire de plaisanterie.

« Je saignerai le boucher... Chacun son tour, pas vrai ? »

Berru, alors, le tenait des heures entières chez un marchand de vin de la rue du Temple, pour le convaincre qu'on ne devait saigner personne. C'était bête, parce que d'abord on vous raccourcissait. Et il lui prenait les mains, il exigeait de lui le serment de ne pas se coller sur le dos une vilaine affaire. Damour répétait avec un ricanement obstiné :

« Non, non, chacun son tour... Je saignerai le boucher. »

Les jours passaient, il ne le saignait pas.

Un événement se produisit, qui parut devoir hâter la catastrophe. On le renvoya du chantier, comme incapable : pendant une nuit d'orage, il s'était endormi et avait laissé voler une pelle. Dès lors, il recommença à crever la faim, se traînant par les rues, trop fier encore pour mendier, regardant avec des yeux luisants les boutiques des rôtisseurs. Mais la misère, au lieu de l'exciter, l'hébétait. Il pliait le dos, l'air enfoncé dans des réflexions tristes. On aurait dit qu'il n'osait plus se présenter aux Batignolles, maintenant qu'il n'avait pas à se mettre une blouse propre.

Aux Batignolles, Félicie vivait dans de continuelles alarmes. Le soir de la visite de Damour, elle n'avait pas voulu raconter l'histoire à Sagnard ; puis, le lendemain, tourmentée de son silence de la veille, elle s'était senti un remords et n'avait plus trouvé la force de parler. Aussi tremblait-elle toujours, croyant voir entrer son premier mari à chaque heure, s'imaginant des scènes atroces. Le pis était qu'on devait se douter de quelque chose dans la boutique, car les garçons ricanaient, et quand Mme Vernier, régulièrement, venait chercher ses deux côtelettes, elle avait une façon inquiétante de ramasser sa monnaie.

Enfin, un soir, Félicie se jeta au cou de Sagnard, et lui avoua tout, en sanglotant. Elle répéta ce qu'elle avait dit à Damour : ce n'était pas sa faute, car lorsque les gens sont morts, ils ne devraient pas revenir. Sagnard, encore très vert pour ses soixante ans, et qui était un brave homme, la consola. Mon Dieu ! ça n'avait rien de drôle, mais ça finirait par s'arranger. Est-ce que tout ne s'arrangeait pas ? Lui, en gaillard qui avait de l'argent et qui était carrément planté dans la vie, éprouvait surtout de la curiosité. On le verrait, ce revenant, on lui parlerait. L'histoire l'intéressait, et cela au point que, huit jours plus tard, l'autre ne paraissant pas, il dit à sa femme :

« Eh bien ! quoi donc ? il nous lâche ?... Si tu savais son adresse, j'irais le trouver, moi. »

Puis, comme elle le suppliait de se tenir tranquille, il ajouta :

« Mais, ma bonne, c'est pour te rassurer... Je vois bien que tu te mines. Il faut en finir. »

Félicie maigrissait en effet, sous la menace du drame dont l'attente augmentait son angoisse. Un jour enfin, le boucher s'emportait contre un garçon qui avait oublié de changer l'eau d'une tête de veau, lorsqu'elle arriva, blême, balbutiant :

« Le voilà !

— Ah ! très bien ! dit Sagnard en se calmant tout de suite. Fais-le entrer dans la salle à manger. »

Et, sans se presser, se tournant vers le garçon :

« Lavez-la à grande eau, elle empoisonne. »

Il passa dans la salle à manger, où il trouva Damour et Berru. C'était un hasard, s'ils venaient ensemble. Berru avait rencontré Damour rue de Clichy ; il ne le voyait plus autant, ennuyé de sa misère. Mais, quand il avait su que le camarade se rendait rue des Moines, il s'était emporté en reproches, car cette affaire était aussi la sienne. Aussi avait-il recommencé à le sermonner, criant qu'il l'empêcherait bien d'aller là-bas faire des bêtises ; et il barrait le trottoir, il voulait le forcer à lui remettre son couteau. Damour haussait les épaules, l'air entêté, ayant son idée qu'il ne disait point. À toutes les observations, il répondait :

« Viens, si tu veux, mais ne m'embête pas. »

Dans la salle à manger, Sagnard laissa les deux hommes debout. Félicie s'était sauvée dans sa chambre, en emportant les enfants ; et, derrière la porte fermée à double tour, elle restait assise, éperdue, elle serrait de ses bras les petits contre elle, comme pour les défendre et les garder. Cependant, l'oreille tendue et bourdonnante d'anxiété, elle n'entendait encore rien ; car les deux maris, dans la pièce voisine, éprouvaient un embarras et se regardaient en silence.

« Alors, c'est vous ? finit par demander Sagnard, pour dire quelque chose.

— Oui, c'est moi », répondit Damour.

Il trouvait Sagnard très bien et se sentait diminué. Le boucher ne paraissait guère plus de cinquante ans ; c'était un bel homme, à figure fraîche, les cheveux coupés ras, et sans barbe. En manches de chemise, enveloppé d'un grand tablier blanc, d'un éclat de neige, il avait un air de gaieté et de jeunesse.

« C'est que, reprit Damour hésitant, ce n'est pas à vous que je veux parler, c'est à Félicie. »

Alors, Sagnard retrouva tout son aplomb.

« Voyons, mon camarade, expliquons-nous. Que diable ! nous n'avons rien à nous reprocher ni l'un ni l'autre. Pourquoi se dévorer, lorsqu'il n'y a de la faute de personne ? »

Damour, la tête baissée, regardait obstinément un des pieds de la table. Il murmura d'une voix sourde :

« Je ne vous en veux pas, laissez-moi tranquille, allez-vous-en... C'est à Félicie que je désire parler.

— Pour ça, non, vous ne lui parlerez pas, dit tranquillement le boucher. Je n'ai pas envie que vous me la rendiez malade, comme l'autre fois. Nous pouvons causer sans elle... D'ailleurs, si vous êtes raisonnable, tout ira bien. Puisque vous dites l'aimer encore, voyez la position, réfléchissez, et agissez pour son bonheur à elle.

— Taisez-vous ! interrompit l'autre, pris d'une rage brusque. Ne vous occupez de rien ou ça va mal tourner ! »

Berru, s'imaginant qu'il allait tirer son couteau de sa poche, se jeta entre les deux hommes, en faisant du zèle. Mais Damour le repoussa.

« Fiche-moi la paix, toi aussi !... De quoi as-tu peur ? Tu es idiot !

— Du calme ! répétait Sagnard. Quand on est en colère, on ne sait plus ce qu'on fait... Écoutez, si j'appelle Félicie, promettez-moi d'être sage, parce qu'elle est très sensible, vous le savez comme moi. Nous ne voulons la tuer ni l'un ni l'autre, n'est-ce pas ?... Vous conduirez-vous bien ?

— Eh ! si j'étais venu pour mal me conduire, j'aurais commencé par vous étrangler, avec toutes vos phrases ! »

Il dit cela d'un ton si profond et si douloureux, que le boucher en parut très frappé.

« Alors, déclara-t-il, je vais appeler Félicie... Oh ! moi, je suis très juste, je comprends que vous vouliez discuter la chose avec elle. C'est votre droit. »

Il marcha vers la porte de la chambre, et frappa.

« Félicie ! Félicie ! »

Puis, comme rien ne bougeait, comme Félicie, glacée à l'idée de cette entrevue, restait clouée sur sa chaise, en serrant plus fort ses enfants contre sa poitrine, il finit par s'impatienter.

« Félicie, viens donc... C'est bête, ce que tu fais là. Il promet d'être raisonnable. »

Enfin, la clé tourna dans la serrure, elle parut et referma soigneusement la porte, pour laisser ses enfants à l'abri. Il y eut un nouveau silence, plein d'embarras. C'était le coup de chien, ainsi que le disait Berru.

Damour parla en phrases lentes qui se brouillaient, tandis que Sagnard, debout devant la fenêtre, soulevant du doigt un des petits rideaux blancs, affectait de regarder dehors, afin de bien montrer qu'il était large en affaires.

« Écoute, Félicie, tu sais que je n'ai jamais été méchant. Ça, tu peux le dire... Eh bien ! ce n'est pas aujourd'hui que je commencerai à l'être. D'abord, j'ai voulu vous massacrer tous ici. Puis, je me suis demandé à quoi ça m'avancerait... J'aime mieux te laisser maîtresse de choisir. Nous ferons ce que tu voudras. Oui, puisque les tribunaux ne peuvent rien pour nous avec leur justice, c'est toi qui décideras ce qui te plaît le mieux. Réponds... Avec lequel veux-tu aller, Félicie ? »

Mais elle ne put répondre. L'émotion l'étranglait.

« C'est bien, reprit Damour de la même voix sourde, je comprends, c'est avec lui que tu vas... En venant ici, je savais comment ça tournerait... Et je ne t'en veux point, je te donne raison, après tout. Moi, je suis fini, je n'ai rien, enfin tu ne m'aimes plus ; tandis que lui, il te rend heureuse, sans compter qu'il y a encore les deux petits... »

Félicie pleurait, bouleversée.

« Tu as tort de pleurer, ce ne sont pas des reproches. Les choses ont tourné comme ça, voilà tout... Et, alors, j'ai eu l'idée de te voir encore une fois, pour te dire que tu pouvais dormir tranquille. Maintenant que tu as choisi, je ne te tourmenterai plus... C'est fait, tu n'entendras jamais parler de moi. »

Il se dirigeait vers la porte, mais Sagnard, très remué, l'arrêta en criant :

« Ah ! vous êtes un brave homme, vous, par exemple !... Ce n'est pas possible qu'on se quitte comme ça. Vous allez dîner avec nous.

— Non, merci », répondit Damour.

Berru, surpris, trouvant que ça finissait drôlement, parut tout à fait scandalisé, quand le camarade refusa l'invitation.

« Au moins, nous boirons un coup, reprit le boucher. Vous voulez bien accepter un verre de vin chez nous, que diable ? »

Damour n'accepta pas tout de suite. Il promena un lent regard autour de la salle à manger, propre et gaie avec ses meubles de chêne blanc ; puis, les yeux arrêtés sur Félicie qui le suppliait de son visage baigné de larmes, il dit :

« Oui, tout de même. »

Alors, Sagnard fut enchanté. Il criait :

« Vite, Félicie, des verres ! Nous n'avons pas besoin de la bonne... Quatre verres. Il faut que tu trinques, toi aussi... Ah ! mon camarade, vous êtes bien gentil d'accepter, vous ne savez pas le plaisir que vous me faites, car moi j'aime les bons cœurs ; et vous êtes un bon cœur, vous, j'en réponds ! »

Cependant, Félicie, les mains nerveuses, cherchait des verres et un litre dans le buffet. Elle avait la tête perdue, elle ne trouvait plus rien. Il fallut que Sagnard l'aidât. Puis, quand les verres furent pleins, la société autour de la table trinqua.

« À la vôtre ! »

Damour, en face de Félicie, dut allonger le bras

pour toucher son verre. Tous deux se regardaient, muets, le passé dans les yeux. Elle tremblait tellement, qu'on entendit le cristal tinter, avec le petit claquement de dents des grosses fièvres. Ils ne se tutoyaient plus, ils étaient comme morts, ne vivant désormais que dans le souvenir.

« À la vôtre ! »

Et, pendant qu'ils buvaient tous les quatre, les voix des enfants vinrent de la pièce voisine, au milieu du grand silence. Ils s'étaient mis à jouer, ils se poursuivaient, avec des cris et des rires. Puis, ils tapèrent à la porte, ils appelèrent : « Maman ! Maman ! »

« Voilà ! adieu tout le monde ! » dit Damour, en reposant le verre sur la table.

Il s'en alla. Félicie, toute droite, toute pâle, le regarda partir, pendant que Sagnard accompagnait poliment ces messieurs jusqu'à la porte.

V

Dans la rue, Damour se mit à marcher si vite, que Berru avait de la peine à le suivre. Le peintre enrageait. Au boulevard des Batignolles, quand il vit son compagnon, les jambes cassées, se laisser tomber sur un banc et rester là, les joues blanches, les yeux fixes, il lâcha tout ce qu'il avait sur le cœur. Lui, aurait au moins giflé le bourgeois et la bourgeoise. Ça le révoltait, de voir un mari céder ainsi sa femme à un autre, sans faire seulement des réserves. Il fallait être joliment godiche ; oui, godiche, pour ne pas dire un autre mot ! Et il citait un exemple, un autre communard qui avait trouvé sa femme collée avec un particulier ; eh bien ! les deux hommes et la femme vivaient ensemble, très d'accord. On s'arrange, on ne se laisse pas dindonner, car enfin c'était lui le dindon, dans tout cela !

« Tu ne comprends pas, répondait Damour. Va-t'en aussi, puisque tu n'es pas mon ami.

— Moi, pas ton ami ! quand je me suis mis en quatre !... Raisonne donc un peu. Que vas-tu devenir ? Tu n'as personne, te voilà sur le pavé ainsi qu'un chien, et tu crèveras, si je ne te tire d'affaire... Pas ton ami ! mais si je t'abandonne là, tu n'as plus qu'à mettre la tête sous ta patte, comme les poules qui ont assez de l'existence. »

Damour eut un geste désespéré. C'était vrai, il ne lui restait qu'à se jeter à l'eau ou à se faire ramasser par les agents.

« Eh bien ! continua le peintre, je suis tellement ton ami, que je vais te conduire chez quelqu'un où tu auras la niche et la pâtée. »

Et il se leva, comme pris d'une résolution subite. Puis, il emmena de force son compagnon, qui balbutiait :

« Où donc ? Où donc ?

— Tu le verras... Puisque tu n'as pas voulu dîner chez ta femme, tu dîneras ailleurs... Mets-toi bien dans la caboche que je ne te laisserai pas faire deux bêtises en un jour. »

Il marchait vivement, descendant la rue d'Amsterdam. Rue de Berlin, il s'arrêta devant un petit hôtel, sonna et demanda au valet de pied qui vint ouvrir, si Mme de Souvigny était chez elle. Et, comme le valet hésitait, il ajouta :

« Allez lui dire que c'est Berru. »

Damour le suivait machinalement. Cette visite inattendue, cet hôtel luxueux achevaient de lui troubler la tête. Il monta. Puis, tout à coup, il se trouva dans les bras d'une petite femme blonde, très jolie, à peine vêtue d'un peignoir de dentelle. Et elle criait :

« Papa, c'est papa !... Ah ! que vous êtes gentil de l'avoir décidé ! »

Elle était bonne fille, elle ne s'inquiétait point de la blouse noire du vieil homme, enchantée, battant des mains, dans une crise soudaine de tendresse filiale. Son père, saisi, ne la reconnaissait même pas.

« Mais c'est Louise ! » dit Berru.

Alors, il balbutia :

« Ah ! oui... Vous êtes trop aimable... »

Il n'osait la tutoyer. Louise le fit asseoir sur un canapé, puis elle sonna pour défendre sa porte. Lui, pendant ce temps, regardait la pièce tendue de cachemire, meublée avec une richesse délicate qui l'attendrissait. Et Berru triomphait, lui tapait sur l'épaule, en répétant :

« Hein ? diras-tu encore que je ne suis pas un ami ?... Je savais bien, moi, que tu aurais besoin de ta fille. Alors, je me suis procuré son adresse et je suis venu lui conter ton histoire. Tout de suite, elle m'a dit : "Amenez-le !"

— Mais sans doute, ce pauvre père ! murmura Louise d'une voix câline. Oh ! tu sais, je l'ai en horreur, ta république ! Tous des sales gens, les communards, et qui ruineraient le monde, si on les laissait faire !... Mais toi, tu es mon cher papa. Je me souviens comme tu étais bon, quand j'étais malade, toute petite. Tu verras, nous nous entendrons très bien, pourvu que nous ne parlions jamais politique... D'abord, nous allons dîner tous les trois. Ah ! que c'est gentil ! »

Elle s'était assise presque sur les genoux de l'ouvrier, riant de ses yeux clairs, ses fins cheveux pâles envolés autour des oreilles. Lui, sans force, se sentait envahi par un bien-être délicieux. Il aurait voulu refuser, parce que cela ne lui paraissait pas honnête, de s'attabler dans cette maison. Mais il ne retrouvait plus son énergie de tout à l'heure, lorsqu'il était parti de chez la bouchère, sans même retourner la tête, après avoir trinqué une dernière fois. Sa fille était trop douce, et ses petites mains blanches, posées sur les siennes, l'attachaient.

« Voyons, tu acceptes ? répétait Louise.

— Oui », dit-il enfin, pendant que deux larmes coulaient sur ses joues creusées par la misère.

Berru le trouva très raisonnable. Comme on passait dans la salle à manger, un valet vint prévenir Madame que Monsieur était là.

« Je ne puis le recevoir, répondit-elle tranquillement. Dites-lui que je suis avec mon père... Demain à six heures, s'il veut. »

Le dîner fut charmant. Berru l'égaya par toutes sortes de mots drôles, dont Louise riait aux larmes. Elle se retrouvait rue des Envierges, et c'était un régal. Damour mangeait beaucoup, alourdi de fatigue et de nourriture ; mais il avait un sourire d'une tendresse exquise, chaque fois que le regard de sa fille rencontrait le sien. Au dessert, ils burent un vin sucré et mousseux comme du champagne, qui les grisa tous les trois. Alors, quand les domestiques ne furent plus là, les coudes posés sur la table, ils parlèrent du passé, avec la mélancolie de leur ivresse. Berru avait roulé une cigarette, que Louise fumait, les yeux demi-clos, le visage noyé. Elle s'embrouillait dans ses souvenirs, en venait à parler de ses amants, du premier, un grand jeune homme qui avait très bien fait les choses. Puis, elle laissa échapper sur sa mère des jugements pleins de sévérité.

« Tu comprends, dit-elle à son père, je ne peux plus la voir, elle se conduit trop mal... Si tu veux, j'irai lui dire ce que je pense de la façon malpropre dont elle t'a lâché. »

Mais Damour, gravement, déclara qu'elle n'existait plus. Tout à coup, Louise se leva, en criant :

« À propos, je vais te montrer quelque chose qui te fera plaisir. »

Elle disparut, revint aussitôt, sa cigarette toujours aux lèvres, et elle remit à son père une vieille photographie jaunie, cassée aux angles. Ce fut une secousse pour l'ouvrier, qui, fixant ses yeux troubles sur le portrait, bégaya :

« Eugène, mon pauvre Eugène. »

Il passa la carte à Berru, et celui-ci, pris d'émotion, murmura de son côté :

« C'est bien ressemblant. »

Puis, ce fut le tour de Louise. Elle garda la photographie un instant ; mais des larmes l'étouffèrent, elle la rendit en disant :

« Oh ! je me le rappelle... Il était si gentil ! »

Tous les trois, cédant à leur attendrissement, pleurèrent ensemble. Deux fois encore, le portrait fit le tour de la table, au milieu des réflexions les plus touchantes. L'air l'avait beaucoup pâli : le pauvre Eugène, vêtu de son uniforme de garde national, semblait une ombre d'émeutier, perdu dans la légende. Mais, ayant retourné la carte, le père lut ce qu'il avait écrit là, autrefois : « Je te vengerai » ; et, agitant un couteau à dessert au-dessus de sa tête, il refit son serment :

« Oui, oui, je te vengerai !

— Quand j'ai vu que maman tournait mal, raconta Louise, je n'ai pas voulu lui laisser le portrait de mon pauvre frère. Un soir, je le lui ai chipé... C'est pour toi, papa. Je te le donne. »

Damour avait posé la photographie contre son verre, et il la regardait toujours. Cependant, on finit par causer raison. Louise, le cœur sur la main, voulait tirer son père d'embarras. Un instant, elle parla de le prendre avec elle ; mais ce n'était guère possible. Enfin, elle eut une idée : elle lui demanda s'il consentirait à garder une propriété, qu'un monsieur venait de lui acheter, près de Mantes. Il y avait là un pavillon, où il vivrait très bien, avec deux cents francs par mois.

« Comment donc ! mais c'est le paradis ! cria Berru qui acceptait pour son camarade. S'il s'ennuie, j'irai le voir. »

La semaine suivante, Damour était installé au Bel-Air, la propriété de sa fille, et c'est là qu'il vit maintenant, dans un repos que la Providence lui devait bien, après tous les malheurs dont elle l'a accablé. Il engraisse, il refleurit, bourgeoisement vêtu, ayant la mine bon enfant et honnête d'un ancien militaire. Les paysans le saluent très bas. Lui, chasse et pêche à la ligne. On le rencontre au soleil, dans les chemins, regardant pousser les blés, avec la conscience tranquille d'un homme qui n'a volé personne et qui mange des rentes rudement gagnées. Lorsque sa fille vient avec des messieurs, il sait garder son rang. Ses grandes joies sont les jours où elle s'échappe et où ils déjeunent ensemble, dans le petit pavillon. Alors, il lui parle avec des bégaiements de nourrice, il regarde ses toilettes d'un air d'adoration ; et ce sont des déjeuners délicats, toutes sortes de bonnes choses qu'il fait cuire lui-même, sans compter le dessert, des gâteaux et des bonbons, que Louise apporte dans ses poches.

Damour n'a jamais cherché à revoir sa femme. Il n'a plus que sa fille, qui a eu pitié de son vieux père, et qui fait son orgueil et sa joie. Du reste, il s'est également refusé à tenter la moindre démarche pour rétablir son état civil. À quoi bon déranger les écritures du gouvernement ? Cela augmente la tranquillité autour de lui. Il est dans son trou, perdu, oublié, n'étant personne, ne rougissant pas des cadeaux de son enfant ; tandis que, si on le ressuscitait, peut-être bien que des envieux parleraient mal de sa situation, et que lui-même finirait par en souffrir.

Parfois, pourtant, on mène grand tapage dans le pavillon. C'est Berru qui vient passer des quatre et cinq jours à la campagne. Il a enfin trouvé, chez Damour, le coin qu'il rêvait pour se goberger. Il chasse, il pêche avec son ami ; il vit des journées sur le dos, au bord de la rivière. Puis, le soir, les deux camarades causent politique. Berru apporte de Paris les journaux anarchistes ; et, après les avoir lus, tous deux s'entendent sur les mesures radicales qu'il y aurait à prendre : fusiller le gouvernement, pendre les bourgeois, brûler Paris pour rebâtir une autre ville, la vraie ville du peuple. Ils en sont toujours au bonheur universel, obtenu par une extermination générale. Enfin, au moment de monter se coucher, Damour, qui a fait encadrer la photographie d'Eugène, s'approche, la regarde, brandit sa pipe en criant :

« Oui, oui, je te vengerai ! »

Et, le lendemain, le dos rond, la face reposée, il retourne à la pêche, tandis que Berru, allongé sur la berge, dort le nez dans l'herbe.

LE CAPITAINE BURLE

I

Il était neuf heures. La petite ville de Vauchamp [1] venait de se mettre au lit, muette et noire, sous une pluie glacée de novembre. Dans la rue des Récollets, une des rues les plus étroites, les plus désertes du quartier Saint-Jean, une fenêtre restait éclairée, au troisième étage d'une vieille maison, dont les gouttières rompues lâchaient des torrents d'eau. C'était Mme Burle qui veillait devant un maigre feu de souches de vigne, pendant que son petit-fils Charles faisait ses devoirs, dans la clarté pâle de la lampe.

L'appartement, loué cent soixante francs par an, se composait de quatre pièces énormes, qu'on ne parvenait pas à chauffer l'hiver. Mme Burle couchait dans la plus vaste ; son fils, le capitaine-trésorier Burle, avait pris la chambre donnant sur la rue, près de la salle à manger ; et le petit Charles, avec son lit de fer, était perdu au fond d'un immense salon aux tentures moisies, qui ne servait pas. Les quelques meubles du capitaine et de sa mère, un mobilier Empire d'acajou massif, dont les continuels change-

---

1. Cette ville imaginaire est située, nous l'apprendrons au chap. II, « dans le Midi » (ci-dessous p. 83). Elle présente quelques ressemblances générales avec Plassans, le lieu d'origine de la famille Rougon-Macquart, inspiré de la ville d'Aix-en-Provence où Zola vécut jusqu'à sa dix-huitième année. Il existe dans le plan de la ville de Plassans établi par Zola et conservé dans les dossiers préparatoires de *La Fortune des Rougon* une place des Récollets.

ments de garnison avaient bossué et arraché les cuivres, disparaissaient sous les hauts plafonds, d'où tombait comme une fine poussière de ténèbres. Le carreau, peint en rouge, froid et dur, glaçait les pieds ; et il n'y avait, devant les sièges, que des petits tapis usés, d'une pauvreté grelottante dans ce désert, où tous les vents soufflaient, par les portes et les fenêtres disjointes.

Près de la cheminée, Mme Burle était accoudée, au fond de son fauteuil de velours jaune, regardant fumer une dernière racine, de ces regards fixes et vides des vieilles gens qui revivent en eux-mêmes. Elle restait ainsi les journées entières, avec sa haute taille, sa longue figure grave dont les lèvres minces ne souriaient jamais. Veuve d'un colonel, mort à la veille de passer général, mère d'un capitaine, qu'elle avait accompagné jusque dans ses campagnes, elle gardait une raideur militaire, elle s'était fait des idées de devoir, d'honneur, de patriotisme, qui la tenaient rigide, comme séchée sous la rudesse de la discipline. Rarement une plainte lui échappait. Quand son fils était devenu veuf, après cinq ans de mariage, elle avait naturellement accepté l'éducation de Charles, avec la sévérité d'un sergent chargé d'instruire les recrues. Elle surveillait l'enfant, sans lui tolérer un caprice ni une irrégularité, le forçant à veiller jusqu'à minuit, et veillant elle-même, si les devoirs n'étaient pas faits. Charles, de tempérament délicat, grandissait très pâle sous cette règle implacable, la face éclairée par de beaux yeux, trop grands et trop clairs.

Dans ses longs silences, Mme Burle ne remuait jamais qu'une même idée : son fils avait trahi son espoir. Cela suffisait à l'occuper, lui faisait revivre sa vie, depuis la naissance du petit, qu'elle voyait atteindre les plus hauts grades, au milieu d'un fracas de gloire, jusqu'à cette existence étroite de garnison, ces journées mornes et toujours semblables, cette chute dans ce poste de capitaine-trésorier[1], dont il ne sortirait pas, et où il s'appesantissait. Pourtant, les débuts l'avaient gonflée d'orgueil ; un instant, elle put croire son rêve réalisé. Burle quittait à peine l'école de Saint-Cyr, lorsqu'il s'était distingué à la bataille de Solferino, en prenant, avec une poignée d'hommes, toute une batterie ennemie ; on le décora, les journaux parlèrent de son héroïsme, il fut connu pour un des soldats les plus braves de l'armée. Et, lentement, le héros engraissa, se noya dans sa chair, épais, heureux, détendu et lâche. En 1870, il n'était que capitaine ; fait prisonnier dans la première rencontre, il revint d'Allemagne furieux, jurant bien qu'on ne le reprendrait plus à se battre, trouvant ça trop bête ; et, comme il ne pouvait quitter l'armée, incapable d'un métier, il réussit à se faire nommer capitaine-trésorier, une niche, disait-il, où du moins on le laisserait crever tranquille. Ce jour-là, Mme Burle avait senti un grand déchirement en elle. C'était fini, et elle n'avait plus quitté son attitude raidie, les dents serrées.

Le vent s'engouffra dans la rue des Récollets, un flot de pluie vint battre rageusement les vitres. La vieille femme avait levé les yeux des souches de vigne qui s'éteignaient, pour s'assurer que Charles ne s'endormait pas sur sa version latine. Cet enfant de douze ans redevenait une espérance suprême, où

---

1. Le capitaine-trésorier était chargé de payer la solde des officiers, de régler toutes les dépenses du corps en nourriture, habillement, armement, de dresser les états et bordereaux, d'établir les bons de distribution. En temps de guerre, le capitaine-trésorier restait au dépôt. Ce poste était donc considéré comme peu propice à la gloire militaire. Déjà, dans *Nana*, Philippe Hugon, lui aussi capitaine-trésorier, puisait dans la caisse de son régiment pour payer les dettes de sa maîtresse.

se rattachait son besoin entêté de gloire. D'abord, elle l'avait détesté, de toute la haine qu'elle portait à sa mère, une petite ouvrière en dentelles, jolie, délicate, que le capitaine avait eu la bêtise d'épouser, ne pouvant en faire sa maîtresse, fou de désir. Puis, la mère morte, le père vautré dans son vice, Mme Burle s'était remise à rêver devant le pauvre être souffreteux, qu'elle élevait à grand-peine. Elle le voulait fort, il serait le héros que Burle avait refusé d'être ; et, dans sa froideur sévère, elle le regardait pousser avec anxiété, lui tâtant les membres, lui enfonçant du courage dans le crâne. Peu à peu, aveuglée par sa passion, elle avait cru qu'elle tenait enfin l'homme de sa famille. L'enfant, de nature tendre et rêveuse, avait une horreur physique du métier des armes ; mais, comme sa grand-mère lui faisait une peur horrible, et qu'il était très doux, très obéissant, il répétait ce qu'elle disait, l'air résigné à être soldat un jour.

Cependant, Mme Burle remarqua que la version ne marchait guère. Charles, assourdi par le bruit de la tempête, dormait, la plume à la main, les yeux ouverts sur le papier. Alors, elle tapa de ses doigts secs le bord de la table ; et il fit un saut, il ouvrit son dictionnaire qu'il feuilleta fiévreusement. Toujours muette, la vieille femme rapprocha les souches, essaya de rallumer le feu, sans y parvenir.

Au temps où elle croyait à son fils, elle s'était dépouillée, il lui avait mangé ses petites rentes, dans des passions qu'elle n'osait approfondir. À cette heure encore, il vidait la maison, tout coulait à la rue ; c'était la misère, les pièces nues, la cuisine froide. Jamais elle ne lui parlait de ces choses ; car, dans son respect de la discipline, il restait le maître. Seulement, elle était parfois prise d'un frisson à la pensée que Burle pourrait bien un jour commettre quelque sottise, qui empêcherait Charles d'entrer dans l'armée.

Elle se levait pour aller chercher à la cuisine un sarment, lorsqu'une terrible bourrasque, qui s'abattit sur la maison, secoua les portes, arracha une persienne, rabattit l'eau des gouttières crevées, dont le torrent inonda les fenêtres. Et, dans ce vacarme, un coup de sonnette lui causa une surprise. Qui pouvait venir à une telle heure et par un temps pareil ? Burle ne rentrait plus que passé minuit, quand il rentrait. Elle ouvrit. Un officier parut, trempé, éclatant en jurons.

« Sacré nom de Dieu !... Ah ! quel chien de temps ! »

C'était le major Laguitte, un vieux brave qui avait servi sous le colonel Burle, au beau temps de Mme Burle. Parti enfant de troupe, il était arrivé par sa bravoure, beaucoup plus que par son intelligence, au grade de chef de bataillon, lorsqu'une infirmité, un raccourcissement des muscles de la cuisse, à la suite d'une blessure, l'avait forcé d'accepter le poste de major[1]. Il boitait même légèrement ; mais il n'aurait pas fallu le lui dire en face, car il refusait d'en convenir.

« C'est vous, major ? dit Mme Burle, de plus en plus étonnée.

— Oui, nom de Dieu ! grogna Laguitte, et il faut bougrement vous aimer pour courir les rues par cette sacrée pluie... C'est à ne pas mettre un curé dehors. »

---

1. Le major était dans un régiment l'officier supérieur (avec rang de chef de bataillon) chargé de surveiller les détails d'administration et de comptabilité dont étaient chargés les officiers comptables. Laguitte est donc le supérieur direct du capitaine-trésorier Burle. C'est lui qui doit vérifier l'exactitude de ses registres avant de les soumettre à la signature du conseil d'administration.

Il se secouait, des mares coulaient de ses bottes sur le plancher. Puis, il regarda autour de lui.

« J'ai absolument besoin de voir Burle... Est-ce qu'il est déjà couché, ce fainéant ?

— Non, il n'est pas rentré », dit la vieille femme de sa voix dure.

Le major parut exaspéré. Il s'emporta, criant :

« Comment ! pas rentré ! Mais alors ils se sont fichus de moi, à son café, chez la Mélanie, vous savez bien !... J'arrive, et il y a une bonne qui me rit au nez, en me disant que le capitaine est allé se coucher. Ah ! nom de Dieu ! je sentais ça, j'avais envie de lui tirer les oreilles ! »

Il se calma, il piétina dans la pièce, indécis, l'air bouleversé. Mme Burle le regardait fixement.

« C'est au capitaine lui-même que vous avez besoin de parler ? demanda-t-elle enfin.

— Oui, répondit-il.

— Et je ne puis lui répéter ce que vous avez à lui dire ?

— Non. »

Elle n'insista pas. Mais elle restait debout, elle regardait toujours le major, qui ne semblait pouvoir se décider à partir. À la fin, la colère le reprit.

« Tant pis ! sacré nom !... Puisque je suis venu, il faut que vous sachiez... Ça vaut mieux peut-être. »

Et il s'assit devant la cheminée, allongeant ses bottes boueuses, comme si un feu clair avait flambé sur les chenets. Mme Burle allait reprendre sa place dans son fauteuil, lorsqu'elle s'aperçut que Charles, vaincu par la fatigue, venait de laisser tomber sa tête entre les pages ouvertes de son dictionnaire. L'entrée du major l'avait d'abord secoué ; puis, voyant qu'on ne s'occupait plus de lui, il n'avait pu résister au sommeil. Sa grand-mère se dirigeait vers la table, pour donner une tape sur ses mains frêles qui blanchissaient sous la lampe, lorsque Laguitte l'arrêta.

« Non, non, laissez ce pauvre petit homme dormir... Ce n'est pas si drôle, il n'a pas besoin d'entendre. »

La vieille femme revint s'asseoir. Un silence régna. Tous deux se contemplaient.

« Eh bien ! ça y est ! dit enfin le major, en appuyant sa phrase d'un furieux mouvement du menton. Ce salaud de Burle a fait le coup ! »

Mme Burle n'eut pas un tressaillement. Elle blêmissait, plus raide dans son fauteuil. L'autre continua :

« Je me méfiais bien... Je m'étais promis de vous en parler un jour. Burle dépensait trop, puis il avait un air idiot qui ne m'allait guère. Mais jamais je n'aurais cru... Ah ! nom de Dieu ! faut-il être bête pour faire des saletés pareilles ! »

Et il s'allongeait des coups de poing féroces sur le genou, étranglé d'indignation. La vieille femme dut lui poser une question nette.

« Il a volé ?

— Vous ne pouvez vous imaginer la chose... N'est-ce pas ? je ne vérifiais jamais, moi ! J'approuvais ses comptes, je donnais des signatures. Vous savez comment ça se passe, dans le conseil. Au moment de l'inspection seulement, à cause du colonel qui est un maniaque, je lui disais : "Mon vieux, veille à ta caisse, c'est moi qui en réponds." Et j'étais bien tranquille... Pourtant, depuis un mois, comme il avait une si drôle de tête et qu'on me rapportait des choses pas propres, je mettais davantage mon nez dans ses registres, j'épluchais ses écritures. Tout m'avait l'air en ordre, c'était très bien tenu... »

Il s'arrêta, soulevé par une telle bouffée de fureur, qu'il dut se soulager tout de suite.

« Cré nom de Dieu ! Cré nom de Dieu !... Ce n'est pas sa coquinerie qui me fâche, c'est la façon dégoûtante dont il s'est conduit à mon égard. Il s'est foutu de moi, entendez-vous, madame Burle !... Cré nom de Dieu ! est-ce qu'il me prend pour une vieille bête ?

— Alors, il a volé ? demanda de nouveau la mère.

— Ce soir, reprit le major un peu calmé, je sortais de table, lorsque Gagneux est venu... Vous connaissez Gagneux, le boucher qui est au coin de la place aux Herbes. Encore un sale coquin, celui-là, qui a eu l'adjudication de la viande et qui fait manger à nos hommes toutes les vaches crevées du département !... Bon ! je le reçois comme un chien, quand il me découvre le pot aux roses. Ah ! c'est du propre ! Il paraît que Burle ne lui donnait jamais que des acomptes ; un micmac épouvantable, un embrouillamini de chiffres où le diable ne pourrait se reconnaître ; bref, Burle lui redoit deux mille francs, et le boucher parle d'aller tout dire au colonel, si on ne le paie pas... Le pis est que mon cochon de Burle, pour me flanquer dedans, me donnait chaque semaine un reçu faux, qu'il signait carrément du nom de Gagneux... À moi, à moi son vieil ami, une pareille farce ! Nom de Dieu de nom de Dieu ! »

Le major se leva, lança les poings au plafond et se laissa retomber sur sa chaise. Mme Burle répéta encore :

« Il a volé, ça devait être. »

Puis, sans un mot de jugement et de condamnation sur son fils, elle ajouta simplement :

« Deux mille francs, mais nous ne les avons pas... Il y a peut-être trente francs ici.

— Je m'en doutais, dit Laguitte. Et vous savez où tout ça passe ? chez la Mélanie, une sacrée roulure qui a rendu Burle complètement idiot... Oh ! les femmes ! je l'avais bien dit, qu'elles lui casseraient les reins ! Je ne sais pas comment il est fait, cet animal-là ! Il n'a que cinq ans de moins que moi, et il est encore enragé. Quel fichu tempérament ! »

Il y eut un nouveau silence. Au-dehors, la pluie redoublait, et l'on entendait, dans la petite ville endormie, le fracas des tuyaux de cheminée et des ardoises que l'ouragan écrasait sur le pavé des rues.

« Voyons, reprit le major en se mettant debout, ça n'arrange pas les affaires, de rester là... Vous êtes prévenue, je file.

— Quel parti prendre ? Où s'adresser ? murmurait la vieille femme.

— Ne vous désespérez pas, il faut voir... Si j'avais seulement ces deux mille francs ; mais vous savez que je ne suis pas riche. »

Il se tut, embarrassé. Lui, vieux garçon, sans femme, sans enfants, buvait scrupuleusement sa paie et perdait à l'écarté ce que le cognac et l'absinthe épargnaient. Avec cela, très honnête, par règle.

« N'importe ! continua-t-il, quand il fut sur le seuil, je vais toujours aller relancer mon gredin chez sa donzelle. Je remuerai ciel et terre... Burle, le fils de Burle, condamné pour vol ! Allons donc ! est-ce que c'est possible ! Ce serait la fin du monde. J'aimerais mieux faire sauter la ville... Et, tonnerre de Dieu ! ne vous faites pas de peine. Tout ça, c'est encore plus vexant pour moi ! »

Il lui donna une rude poignée de main, il disparut dans l'ombre de l'escalier, pendant qu'elle l'éclairait, en levant la lampe. Quand elle eut reposé cette lampe sur la table, dans le silence et la nudité de la vaste pièce, elle resta un instant immobile, devant Charles qui dormait toujours, le visage entre les feuillets du dictionnaire. C'était, avec de longs cheveux blonds, une tête pâle de fille[1]. Et elle rêvait, et sur son visage durci et fermé un attendrissement parut ; mais ce ne fut qu'une rougeur passagère, le masque reprit tout de suite son entêtement de froide volonté. Elle appliqua une tape sèche sur la main du petit, en disant :

« Charles, ta version ! »

L'enfant se réveilla, effaré, grelottant, et se remit à feuilleter rapidement le dictionnaire. À ce moment, le major Laguitte, qui refermait à la volée la porte de la rue, recevait sur la tête un tel paquet d'eau, tombé des gouttières, qu'on l'entendit jurer dans le vacarme de la tempête. Puis, il n'y eut plus, au milieu du roulement de l'averse, que le léger grincement de la plume de Charles sur le papier. Mme Burle avait repris sa place devant la cheminée, raidie, les yeux sur le feu mort, dans son idée fixe et dans son attitude de tous les soirs.

II

Le Café de Paris, tenu par Mme veuve Mélanie Cartier, se trouvait sur la place du Palais, une grande place irrégulière, plantée de petits ormes poussiéreux. À Vauchamp, on disait : « Viens-tu chez Mélanie ? » Au bout de la première salle, assez vaste, il y en avait une autre : le « divan », très étroite, garnie de banquettes de moleskine le long des murs, avec

1. Blondeur, pâleur, langueur : c'est le type de la « fin de race ». Dans *Le Docteur Pascal*, le dernier rejeton de la famille Rougon, lui aussi prénommé Charles, sera doté des mêmes caractères physiques. On le verra de même s'endormir sous le regard de l'aïeule, tante Dide.

quatre tables de marbre dans les angles. C'était là que Mélanie, désertant son comptoir où elle installait sa bonne Phrosine, passait la soirée avec quelques habitués, les intimes, ceux qu'on appelait dans la ville : « Ces messieurs du divan. » Cela notait un homme ; on ne le nommait plus qu'avec des sourires, où il entrait à la fois de la déconsidération et une sourde envie.

Mme Cartier était devenue veuve à vingt-cinq ans. Son mari, un charron qui avait stupéfié Vauchamp en prenant le Café de Paris, à la mort d'un oncle, était revenu un beau matin avec elle de Montpellier, où il faisait tous les six mois un voyage pour ses liqueurs. Il montait sa maison ; il avait, avec ses fournitures, choisi une femme telle qu'il la voulait sans doute, engageante et poussant aux consommations. Jamais on ne sut où il l'avait ramassée ; et il ne l'épousa même que six mois après l'avoir essayée dans son comptoir. Les avis, d'ailleurs, se trouvaient partagés, à Vauchamp : les uns déclaraient Mélanie superbe ; les autres la traitaient de gendarme. C'était une grande femme, avec de grands traits et des cheveux durs, qui lui tombaient sur les sourcils. Mais personne ne niait sa force à « entortiller les hommes ». Elle avait de beaux yeux, elle en abusait pour regarder fixement ces messieurs du divan, qui pâlissaient et devenaient souples. Puis, le bruit courait que c'était un beau corps de femme ; et, dans le Midi, on aime ça.

Cartier était mort d'une façon singulière. On parla d'une querelle entre les époux, d'un dépôt qui s'était formé à la suite d'un coup de pied dans le ventre. Du reste, Mélanie se trouva fort embarrassée, car le café ne prospérait guère. Le charron avait mangé l'argent de l'oncle à boire lui-même son absinthe et à user son billard. On crut un instant qu'elle serait forcée de vendre. Mais cette vie lui plaisait, et pour une dame l'installation était toute faite. Il ne lui fallait jamais que quelques clients, la grande salle pouvait rester vide. Elle se contenta donc de faire coller du papier blanc et or dans le divan et de renouveler la moleskine des banquettes. D'abord, elle y tint compagnie à un pharmacien ; puis vinrent un fabricant de vermicelle, un avoué, un magistrat en retraite. Et ce fut ainsi que le café demeura ouvert, bien que le garçon n'y servît pas vingt consommations en un jour. L'autorité tolérait l'établissement, parce que les convenances étaient gardées et qu'en somme beaucoup de gens respectables se seraient trouvés compromis.

Le soir, dans la grande salle, quatre ou cinq petits rentiers du voisinage faisaient quand même leur partie de dominos. Cartier était mort, le Café de Paris avait pris d'étranges allures ; eux, ne voyaient rien, conservaient leurs habitudes. Comme le garçon devenait inutile, Mélanie finit par le congédier. C'était Phrosine qui allumait un seul bec de gaz, dans un coin, pour la partie des petits rentiers. Parfois, une bande de jeunes gens, attirés par les histoires qu'on racontait, après s'être excités à entrer chez Mélanie, envahissaient la salle, avec des rires bruyants et gênés. Mais on les recevait d'un air de dignité glaciale ; ils ne voyaient pas la patronne, ou, si elle était là, elle les écrasait sous un mépris de belle femme, qui les laissait balbutiants. Mélanie avait trop d'intelligence pour s'oublier à des sottises. Pendant que la grande salle restait obscure, éclairée seulement dans l'angle où les petits rentiers remuaient mécaniquement leurs dominos, elle servait elle-même ces messieurs du divan, aimable sans licence, se permettant, aux heures d'abandon, de s'appuyer sur l'épaule d'un d'entre eux, pour suivre un coup délicat d'écarté.

Un soir, ces messieurs, qui avaient fini par se tolérer, eurent une surprise bien désagréable en trouvant le capitaine Burle installé dans le divan. Il était, paraît-il, entré le matin boire un vermouth, par hasard ; et, seul avec Mélanie, il avait causé. Le soir, quand il était revenu, Phrosine l'avait tout de suite fait passer dans la petite salle.

Deux jours après, Burle régnait, sans avoir pour cela mis en fuite ni le pharmacien, ni le fabricant de vermicelle, ni l'avoué, ni l'ancien magistrat. Le capitaine, petit et large, adorait les grandes femmes. Au régiment, on l'avait surnommé « Juponeux », pour sa continuelle faim de la femme, pour sa rage d'appétits, qui se satisfaisait n'importe où et n'importe comment, d'autant plus violente qu'elle pouvait mordre dans un morceau plus gros. Lorsque les officiers et même les simples soldats rencontraient quelque outre de chair, un débordement d'appas, une géante soufflée de graisse, ils s'écriaient, qu'elle fût en guenilles ou habillée de velours : « En voilà encore une pour ce sacré Juponeux ! » Toutes y passaient ; et, le soir, dans les chambrées, on prédisait qu'il s'en ferait crever. Aussi Mélanie, ce beau corps de femme, le prit-elle en entier, avec une puissance irrésistible. Il sombra, il s'abîma en elle. Au bout de quinze jours, il était tombé dans un hébétement d'amoureux gras qui se vide sans maigrir. Ses petits yeux, noyés au milieu de sa face bouffie, suivaient partout la veuve, de leur regard de chien battu. Il s'oubliait, en continuelle extase devant cette large figure d'homme, plantée de cheveux rudes comme des poils. De peur qu'elle ne lui coupât les vivres, comme il disait, il tolérait ces messieurs du divan et donnait sa paie jusqu'au dernier liard. Ce fut un sergent qui prononça le mot de la situation : « Juponeux a trouvé son trou, il y restera. » Un homme enterré !

Il était près de dix heures, lorsque le major Laguitte rouvrit furieusement la porte du Café de Paris. Par le battant, lancé à toute volée, on aperçut un instant la place du Palais, noire, changée en un lac de fange liquide, bouillonnante sous la terrible averse. Le major, trempé cette fois jusqu'à la peau, laissant derrière lui un fleuve, marcha droit au comptoir, où Phrosine lisait un roman.

« Bougresse ! cria-t-il, c'est toi qui te fous des militaires ?... Tu mériterais... »

Et il leva la main, il ébaucha une claque à assommer un bœuf. La petite bonne se reculait, effarée, tandis que les bourgeois, béants, tournaient la tête sans comprendre. Mais le major ne s'attarda pas ; il poussa la porte du divan, tomba entre Burle et Mélanie, juste au moment où celle-ci, par gentillesse, faisait boire un grog au capitaine à petites cuillerées, comme on donne la becquée à un serin favori. Il n'était venu, ce soir-là, que le magistrat en retraite et le pharmacien, qui tous deux s'en étaient allés de bonne heure, pris de tristesse. Et Mélanie, ayant besoin de trois cents francs le lendemain, profitait de l'occasion pour se montrer câline.

« Voyons, le chéri à sa mère... Donnez votre bec... C'est bon, hein ? petit cochon ! »

Le capitaine, très rouge, avachi, les yeux morts, suçait la cuiller, d'un air de jouissance profonde.

« Nom de Dieu ! gueula le major, debout sur le seuil, tu te fais donc garder par les femelles, maintenant ! On me dit que tu n'es pas venu, on me flanque à la porte, pendant que tu es là, à te ramollir ! »

Burle, repoussant le grog, avait tressailli. D'un mouvement irrité, Mélanie s'était avancée, comme pour le couvrir de son grand corps. Mais Laguitte la regarda en face, avec cet air tranquille et résolu que connaissent bien les femmes menacées de recevoir une gifle.

« Laissez-nous », dit-il simplement.

Elle hésita encore une seconde. Elle avait cru sentir le vent de la gifle, et, blême de rage, elle rejoignit Phrosine dans le comptoir.

Quand ils furent enfin seuls, le major Laguitte se posa devant le capitaine Burle ; puis, les bras croisés, se courbant, à pleine voix il lui cria dans la figure :

« Salaud ! »

L'autre, ahuri, voulut se fâcher. Il n'en eut pas le temps.

« Tais-toi !... Tu t'es fichu salement d'un ami. Tu m'as collé des reçus faux qui pouvaient nous conduire aux galères tous les deux. Est-ce que c'est propre, ça ? Est-ce qu'on se fait des plaisanteries pareilles, quand on se connaît depuis trente ans ? »

Burle, retombé sur sa chaise, était devenu livide. Un grelottement de fiévreux agitait ses membres. Le major continua, en marchant autour de lui, et en donnant des coups de poing sur les tables :

« Alors, tu as volé comme un gratte-papier, et pour ce grand chameau !... Encore, si tu avais volé pour ta mère, ce serait honorable. Mais, nom de Dieu ! aller manger la grenouille et apporter la monnaie dans cette baraque, c'est ça qui m'enrage !... Dis ? qu'as-tu donc dans le coco pour te crever à ton âge, avec un pareil gendarme ? Ne mens pas, je vous ai vus tout à l'heure faire vos saletés.

— Tu joues bien, toi, bégaya le capitaine.

— Oui, je joue, tonnerre ! reprit le major, dont cette remarque redoubla la fureur, et je suis un sacré cochon de jouer, parce que ça me mange tout mon saint-frusquin, et que ce n'est guère à l'honneur de l'armée française. Mais, cré nom de Dieu ! si je joue, je ne vole pas !... Crève, toi, si tu veux, laisse mourir de faim la maman et le moutard, seulement respecte la caisse et ne fous pas les amis dans l'embarras ! »

Il se tut. Burle restait les yeux fixes, l'air imbécile. On n'entendit pendant un instant que le bruit des bottes du major.

« Et pas un radis ! reprit celui-ci violemment. Hein ? te vois-tu entre deux gendarmes ? Ah ! salaud ! »

Il se calma, il le prit par le poignet et le mit debout.

« Allons, viens ! Il faut tenter tout de suite quelque chose, car je ne veux pas me coucher avec ça sur l'estomac... J'ai une idée. »

Dans la grande salle, Mélanie et sa bonne Phrosine causaient vivement, à demi-voix. Lorsqu'elle vit sortir les deux hommes, Mélanie osa s'approcher, pour dire à Burle sur un ton flûté :

« Comment ? capitaine, vous partez déjà ?

— Oui, il part, répondit brutalement Laguitte, et je compte bien qu'il ne remettra jamais les pieds dans votre sale trou. »

La petite bonne, effrayée, tirait sa maîtresse par la robe. Elle eut le malheur de murmurer le mot « ivrogne ». Du coup, le major lâcha la gifle qui lui brûlait la main depuis un instant. Les deux femmes s'étaient baissées, il n'attrapa que le chignon de Phrosine, dont il aplatit le bonnet et cassa le peigne. Ce fut une indignation parmi les petits rentiers.

« Nom de Dieu ! filons, dit Laguitte en poussant Burle sur le trottoir. Si je reste, je les assomme tous, là-dedans. »

Dehors, pour traverser la place, ils eurent de l'eau jusqu'aux chevilles. La pluie, poussée par le vent, ruisselait sur leurs visages. Pendant que le capitaine marchait silencieux, le major se remit à lui reprocher sa « couillonnade », avec plus d'emportement. Un joli temps, n'est-ce pas ? pour courir les rues. S'il n'avait pas fait de bêtise, tous deux seraient chaudement dans leur lit, au lieu de patauger comme ça. Puis, il parla de Gagneux. Un gredin dont les viandes gâtées avaient par trois fois donné des coliques à tout le régiment ! C'était dans huit jours que finissait le marché passé avec lui. Du diable si, à l'adjudication, on accepterait son offre !

« Ça dépend de moi, je choisis qui je veux, grondait le major. J'aimerais mieux me couper un bras que de faire encore gagner un sou à cet empoisonneur ! »

Il glissa, entra dans un ruisseau jusqu'aux genoux ; et, la voix étranglée de jurons, il ajouta :

« Tu sais, je vais chez lui... Je monterai, tu m'attendras à la porte... Je veux voir ce que cette crapule a dans le ventre, et s'il osera aller demain chez le colonel, comme il m'en a menacé... Avec un boucher, nom de Dieu ! se compromettre avec un boucher ! Ah ! tu n'es pas fier, toi ! c'est ce que je ne te pardonnerai jamais ! »

Ils arrivaient à la place aux Herbes. La maison de Gagneux était toute noire ; mais Laguitte frappa violemment, et l'on finit par lui ouvrir. Resté seul dans la nuit épaisse, le capitaine Burle ne songea même pas à chercher un abri. Il demeurait planté au coin du marché, debout sous la pluie battante, la tête pleine d'un grand bourdonnement qui l'empêchait de réfléchir. Il ne s'ennuya pas, il n'eut pas conscience du temps. La maison, avec sa porte et ses fenêtres closes, était comme morte ; et il la regardait. Lorsque le major en sortit au bout d'une heure, il sembla au capitaine qu'il venait à peine d'y entrer.

Laguitte, l'air sombre, ne dit rien. Burle n'osa l'interroger. Un instant, ils se cherchèrent, se devinant dans les ténèbres. Puis, ils se remirent à suivre les rues obscures, où l'eau roulait comme dans un lit de torrent. Ils allaient ainsi côte à côte, vagues et muets ; le major, enfoncé dans son silence, ne jurait même plus. Pourtant, comme ils passaient de nouveau par la place du Palais, et que le Café de Paris était encore éclairé, il tapa sur l'épaule de Burle, en disant :

« Si jamais tu rentres dans ce trou...

— N'aie pas peur ! » répondit le capitaine, sans le laisser achever la phrase.

Et il lui tendit la main. Mais Laguitte reprit :

« Non, non, je t'accompagne jusqu'à ta porte. Comme ça, je serai sûr au moins que tu n'y retourneras pas cette nuit. »

Ils continuèrent leur marche. En remontant la rue des Récollets, tous deux ralentirent le pas. Puis, devant sa porte, après avoir sorti sa clé de la poche, le capitaine finit par se décider.

« Eh bien ? demanda-t-il.

— Eh bien ! reprit le major d'une voix rude, je suis un salaud comme toi... Oui, j'ai fait une saleté... Ah ! sacré nom ! que le diable t'emporte ! Nos soldats mangeront encore de la carne pendant trois mois. »

Et il expliqua que Gagneux, ce dégoûtant Gagneux, était un bougre de tête, qui, petit à petit, l'avait amené à un marché : il n'irait pas trouver le colonel, il ferait même cadeau des deux mille francs, en remplaçant les faux reçus par des reçus signés de lui ; mais, en retour, il exigeait que le major lui assurât, aux prochaines adjudications, la fourniture de la viande. C'était une chose arrangée.

« Hein ? reprit Laguitte, doit-il faire du rabiot, l'animal, pour nous lâcher ainsi deux mille francs ! »

Burle, étranglé d'émotion, avait saisi les mains de

son vieil ami. Il ne put que balbutier des remerciements confus. La saleté que le major venait de commettre pour le sauver le touchait aux larmes.

« C'est bien la première fois, grognait celui-ci. Il le fallait... Nom de Dieu ! ne pas avoir deux mille francs dans son secrétaire ! C'est à vous dégoûter de jamais toucher une carte... Tant pis pour moi ! Je suis un pas-grand-chose... Seulement, écoute, ne recommence pas, car du diable si je recommence, moi ! »

Le capitaine l'embrassa. Quand il fut rentré, le major resta un instant devant la porte, pour être certain qu'il se couchait. Puis, comme minuit sonnait et que la pluie battait toujours la ville noire, il rentra péniblement chez lui. L'idée de ses hommes le navrait. Il s'arrêta, il dit tout haut d'une voix changée, pleine d'une pitié tendre :

« Les pauvres bougres ! vont-ils en avaler de la vache, pour deux mille francs ! »

III

Dans le régiment, ce fut une stupéfaction. Juponeux avait rompu avec Mélanie. Au bout d'une semaine, la chose était prouvée, indéniable : le capitaine ne remettait pas les pieds au Café de Paris, on racontait que le pharmacien avait repris la place toute chaude, à la grande tristesse de l'ancien magistrat. Et, fait plus incroyable encore, le capitaine Burle vivait enfermé rue des Récollets. Il se rangeait décidément, jusqu'à passer les soirées au coin du feu, à faire répéter des leçons au petit Charles. Sa mère, qui ne lui avait pas soufflé mot de ses tripotages avec Gagneux, gardait en face de lui, dans son fauteuil, sa raideur sévère ; mais ses regards disaient qu'elle le croyait guéri.

Quinze jours plus tard, le major Laguitte vint un soir s'inviter à dîner. Il éprouvait quelque gêne à se retrouver avec Burle, non pour lui certes, mais pour le capitaine, auquel il craignait de rappeler de vilains souvenirs. Cependant, puisque le capitaine se corrigeait, il voulut lui donner une poignée de main et casser une croûte ensemble. Ça lui ferait plaisir.

Burle était dans sa chambre, lorsque Laguitte se présenta. Ce fut Mme Burle qui reçut ce dernier. Après avoir dit qu'il venait manger la soupe, il ajouta, en baissant la voix :

« Eh bien ?

— Tout va pour le mieux, répondit la vieille femme.

— Rien de louche ?

— Rien absolument... Couché à neuf heures, pas une absence, et l'air très heureux.

— Ah ! nom de Dieu ! c'est gentil ! cria le major. Je savais bien qu'il fallait le secouer. Il a encore du cœur, l'animal ! »

Quand Burle parut, il lui serra les mains à les écraser. Et, devant la cheminée, avant de se mettre à table, on causa honnêtement, on célébra les douceurs du foyer domestique. Le capitaine déclara qu'il ne donnerait pas son chez-lui pour un royaume ; lorsqu'il avait retiré ses bretelles, mis ses pantoufles, et qu'il s'allongeait dans son fauteuil, le roi, disait-il, n'était pas son oncle. Le major approuvait, en l'examinant. Certes, la bonne conduite ne le maigrissait pas, car il avait encore enflé, les yeux gros, la bouche épaisse. Il sommeillait à demi, tassé dans sa chair, en répétant :

« La vie de famille, il n'y a que ça !... Ah ! la vie de famille !

— C'est très bien, dit le major inquiet de le voir si crevé, mais il ne faut de l'exagération en rien... Prends de l'exercice, entre de temps à autre au café.

— Au café, pour quoi faire ?... J'ai tout ce qu'il me faut ici. Non, non, je reste chez moi. »

Charles rangeait ses livres, et Laguitte resta surpris de voir paraître une bonne, qui venait mettre la table.

« Tiens ! vous avez pris quelqu'un ? dit-il à Mme Burle.

— Il l'a bien fallu, répondit celle-ci en soupirant. Mes jambes ne vont plus, tout le ménage était à l'abandon... Heureusement que le père Cabrol m'a confié sa fille. Vous connaissez le père Cabrol, ce vieux qui a le balayage du marché ?... Il ne savait que faire de Rose. Je lui apprends un peu de cuisine. »

La bonne sortait.

« Quel âge a-t-elle donc ? demanda le major.

— À peine dix-sept ans. C'est bête, c'est sale. Mais je ne lui donne que dix francs par mois, et elle ne mange que de la soupe. »

Lorsque Rose rentra avec une pile d'assiettes, Laguitte, que les filles intéressaient peu, la suivit du regard, étonné d'en rencontrer une si laide. Elle était petite, très noire, légèrement bossue, avec une face de guenon à nez épaté, à bouche fendue largement, et où luisaient de minces yeux verdâtres. Les reins larges et les bras longs, elle avait l'air très fort.

« Sacré nom ! quelle gueule ! dit Laguitte égayé, quand la bonne fut sortie de nouveau, en quête du sel et du poivre.

— Bah ! murmura Burle négligemment, elle est

très complaisante, elle fait tout ce qu'on veut. C'est toujours assez bon pour laver la vaisselle. »

Le dîner fut charmant. Il y avait le pot-au-feu et un ragoût de mouton. On fit raconter à Charles des histoires de son collège. Mme Burle, afin de montrer combien il était gentil, lui posa plusieurs fois sa question : « N'est-ce pas que tu veux être militaire ? » Et un sourire effleurait ses lèvres blanches, lorsque le petit répondait avec une obéissance craintive de chien savant : « Oui, grand-mère. » Le capitaine Burle avait posé les coudes sur la table, mâchant lentement, absorbé. Une chaleur montait, l'unique lampe qui éclairait la table, laissait les coins de la vaste pièce dans une ombre vague. C'était un bien-être alourdi, une intimité de gens sans fortune, qui ne changent pas d'assiette à tous les plats, et qu'un compotier plein d'œufs à la neige, servi au dernier moment, met en gaieté.

Rose, dont les talons lourds faisaient danser la table, lorsqu'elle tournait derrière les convives, n'avait pas encore ouvert la bouche. Elle vint se planter près du capitaine, elle demanda d'une voix rauque :

« Monsieur veut du fromage ?

— Hein ? quoi ? dit Burle en tressaillant. Ah ! oui, du fromage... Tiens bien l'assiette. »

Il coupa un morceau de gruyère, tandis que la petite, debout, le regardait de ses yeux minces. Laguitte riait. Depuis le commencement du repas, Rose l'amusait énormément. Il baissait la voix, il murmurait à l'oreille du capitaine :

« Non, tu sais, je la trouve épatante ! On n'a pas le nez ni la bouche bâtis comme ça... Envoie-la donc un jour chez le colonel, histoire de la lui montrer. Ça le distraira. »

Cette laideur l'épanouissait paternellement. Il désira la voir de près.

« Dis donc, ma fille, et moi ? J'en veux bien, du fromage. »

Elle vint avec l'assiette ; et lui, le couteau planté dans le gruyère, s'oubliait à la regarder, riant d'aise parce qu'il découvrait qu'elle avait une narine plus large que l'autre. Rose, très sérieuse, se laissant dévisager, attendait que le monsieur eût fini de rire.

Elle ôta la table, elle disparut. Burle s'endormit tout de suite, au coin du feu, pendant que le major et Mme Burle causaient. Charles s'était remis à ses devoirs. Une grande paix tombait du haut plafond, cette paix des familles bourgeoises que leur bonne entente rassemble dans la même pièce. À neuf heures, Burle se réveilla en bâillant et déclara qu'il allait se coucher ; il demandait pardon, mais ses yeux se fermaient malgré lui. Quand le major partit, une demi-heure plus tard, Mme Burle chercha vainement Rose, pour qu'elle l'éclairât : elle devait être déjà montée dans sa chambre ; une vraie poule, cette fille, qui ronflait des douze heures à poings fermés.

« Ne dérangez personne, dit Laguitte, sur le palier. Je n'ai pas de meilleures jambes que vous ; mais, en tenant la rampe, je ne me casserai rien... Enfin, chère dame, je suis bien heureux. Voilà vos chagrins finis. J'ai étudié Burle et je vous jure qu'il ne cache pas la moindre farce... Nom de Dieu ! il était temps qu'il sortît des jupons. Ça tournait mal. »

Le major s'en allait ravi. Une maison de braves gens, et où les murs étaient de verre ; pas moyen d'y enfouir des saletés !

Dans cette conversion, ce qui l'enchantait, au fond, c'était de n'avoir plus à vérifier les écritures du capitaine. Rien ne l'assommait comme toutes ces paperasses. Du moment que Burle se rangeait, lui pouvait fumer des pipes et donner des signatures, les yeux fermés. Pourtant il veillait toujours d'un œil. Les reçus étaient bons, les totaux s'équilibraient admirablement ; aucune irrégularité. Au bout d'un mois, il ne faisait plus que feuilleter les reçus et s'assurer des totaux, comme il avait toujours fait, d'ailleurs. Mais, un matin, sans aucune méfiance, uniquement parce qu'il avait rallumé une pipe, ses yeux s'attardèrent à une addition, il constata une erreur de treize francs ; le total était forcé de treize francs, pour balancer les comptes ; et il n'y avait pas eu d'erreur dans les sommes portées, car il les collationna sur les reçus. Cela lui sembla louche ; il n'en parla pas à Burle, il se promit de revoir les additions. La semaine suivante, nouvelle erreur, dix-neuf francs en moins. Alors, saisi d'inquiétude, il s'enferma avec les registres, il passa une matinée abominable à tout reprendre, à tout additionner, suant, jurant, le crâne éclatant de chiffres. Et, à chaque addition, il constatait un vol de quelques francs : c'était misérable, dix francs, huit francs, onze francs ; dans les dernières, cela tombait à quatre et trois francs, et il y en avait même une sur laquelle Burle n'avait pris qu'un franc cinquante. Depuis près de deux mois, le capitaine rognait ainsi les écus de sa caisse. En comparant les dates, le major put établir que la fameuse leçon l'avait fait se tenir tranquille juste pendant huit jours. Cette découverte acheva de l'exaspérer.

« Nom de Dieu de nom de Dieu ! gueulait-il tout seul, en donnant des coups de poing sur les registres, c'est encore plus sale !... Au moins les faux reçus de Gagneux, c'était crâne... Tandis que, cette fois, nom de Dieu ! le voilà aussi bas qu'une cuisinière qui chipe deux sous sur un pot-au-feu... Aller gratter sur les additions ! Foutre un franc cinquante dans sa poche !... Nom de Dieu ! nom de Dieu !... Sois donc plus fier, salaud !... Emporte la caisse, et va la bouffer avec des actrices ! »

La pauvreté honteuse de ces vols l'indignait. En outre, il était furieux d'avoir été dupé de nouveau par ce moyen des additions fausses, si simple et si bête. Il se leva, il marcha pendant une heure dans son cabinet, hors de lui, ne sachant que faire, lâchant des phrases à voix haute.

« Décidément, c'est un homme toisé[1]. Il faut agir... Je lui flanquerais une suée chaque matin, que ça ne l'empêcherait pas, tous les après-midi, de se coller dans le gousset sa pièce de trois francs... Mais, tonnerre de Dieu ! où mange-t-il ça ? Il ne sort plus, il se couche à neuf heures, et tout paraît si honnête, si gentil chez eux !... Est-ce que le cochon a encore des vices qu'on ne lui connaît pas ? »

Il se remit à son bureau, additionna les sommes soustraites, qui montaient à cinq cent quarante-cinq francs. Où prendre cet argent ? L'inspection justement approchait ; il suffisait que ce maniaque de colonel s'avisât de refaire une addition, pour que le pot aux roses fût découvert. Cette fois, Burle était fichu.

Cette idée calma le major. Il ne jurait plus, il restait glacé, avec l'image de Mme Burle toute droite et désespérée devant lui. En même temps, il avait le cœur si gros pour son compte, que sa poitrine éclatait.

« Voyons, murmura-t-il, il faut avant tout que je voie clair dans les histoires de ce bougre-là. Après, il sera toujours temps d'agir. »

---

1. « Toiser », c'est mesurer à la toise. « Fig. et populairement. C'est un homme toisé, c'est un homme dont on connaît le peu de valeur » (Littré).

Il se rendit au bureau de Burle. Du trottoir d'en face, il aperçut une jupe qui disparaissait dans l'entre-bâillement de la porte. Croyant tenir le pot aux roses, il se glissa derrière elle, et écouta. C'était Mélanie, il la reconnut à sa voix flûtée de grosse femme. Elle se plaignait de ces messieurs du divan, elle parlait d'un billet, qu'elle ne savait comment payer ; les huissiers étaient chez elle, tout allait être vendu. Puis, comme le capitaine répondait à peine, disant qu'il n'avait pas un sou, elle finit par éclater en larmes. Elle le tutoya, l'appela « le chéri à sa mère ». Mais elle eut beau employer les grands moyens, ses séductions ne durent avoir aucun effet, car la voix sourde de Burle répétait toujours : « Pas possible ! pas possible ! » Au bout d'une heure, quand Mélanie se retira, elle était furieuse. Le major, étonné de la façon dont tournaient les choses, attendit un instant pour entrer dans la pièce, où le capitaine était resté seul. Il le trouva très calme, et, malgré une furieuse envie de le traiter de triple cochon, il ne lui dit rien, résolu à savoir la vérité d'abord.

Le bureau ne sentait pas la coquinerie. Devant la table de bois noir, il y avait, sur le fauteuil canné du capitaine, un honnête rond-de-cuir ; et, dans un coin, la caisse était solidement fermée, sans une fente. L'été venait, un chant de serin entrait par une fenêtre. C'était très en ordre, les cartons exhalaient une odeur de vieux papiers, qui inspirait la confiance.

« N'est-ce pas cette carcasse de Mélanie qui sortait comme j'entrais ? » demanda Laguitte.

Burle haussa les épaules, en murmurant :

« Oui... Elle est encore venue me tanner pour que je lui donne deux cents francs... Pas dix francs, pas dix sous !

— Tiens ! reprit l'autre voulant le sonder, on m'avait dit que tu la revoyais.

— Moi !... Ah ! non, par exemple ! j'en ai assez, de tous ces chameaux-là ! »

Laguitte se retira, très perplexe. À quoi avaient bien pu passer les cinq cent quarante-cinq francs ? Est-ce que le brigand, après les femmes, aurait tâté du vin et du jeu ? Il se promit de surprendre Burle chez lui, le soir même ; peut-être, en le faisant causer et en questionnant sa mère, arriverait-il à connaître la vérité. Mais, l'après-midi, il souffrit cruellement de sa jambe ; depuis quelque temps, ça n'allait plus du tout, il avait dû se résigner à se servir d'une canne, pour ne pas boiter trop violemment. Cette canne le désespérait ; comme il le disait avec une rage désolée, maintenant, il était dans les invalides. Pourtant, le soir, par un effort de volonté, il se leva de son fauteuil ; et, s'abandonnant sur sa canne dans la nuit noire, il se traîna rue des Récollets. Neuf heures sonnaient quand il y arriva. En bas, la porte de la rue était entrouverte. Il soufflait sur le palier du troisième étage, lorsqu'un bruit de voix, à l'étage supérieur, le surprit. Il avait cru reconnaître la voix de Burle. Par curiosité, il monta. Au fond d'un couloir, à gauche, une porte laissait passer une raie de lumière ; mais, au craquement de ses bottes, la porte se referma, et il se trouva dans une obscurité profonde.

« C'est idiot ! pensa-t-il. Quelque cuisinière qui se couche. »

Pourtant, il vint le plus doucement possible coller son oreille contre la porte. Deux voix causaient. Il resta béant. C'étaient ce cochon de Burle et ce monstre de Rose.

« Tu m'avais promis trois francs, disait rudement la petite bonne. Donne-moi trois francs.

— Ma chérie, je te les apporterai demain, reprenait le capitaine d'une voix suppliante. Aujourd'hui, je n'ai pas pu... Tu sais que je tiens toujours mes promesses.

— Non, donne-moi trois francs, ou tu vas redescendre. »

Elle devait être déshabillée déjà, assise sur le bord de son lit de sangle, car le lit craquait à chacun de ses mouvements. Le capitaine, debout, piétinait. Il s'approcha.

« Sois gentille. Fais-moi de la place.

— Veux-tu me laisser ! cria Rose de sa voix mauvaise. J'appelle, je dis tout à la vieille, en bas... Quand tu m'auras donné trois francs ! »

Et elle ne sortait pas de ses trois francs, comme une bête têtue qui refuse de passer.

Burle se fâcha, pleura ; puis, pour l'attendrir, il sortit de sa poche un pot de confitures, qu'il avait pris dans l'armoire de sa mère. Rose l'accepta, se mit tout de suite à le vider, sans pain, avec le manche d'une fourchette qui traînait sur sa commode. C'était très bon. Mais, quand le capitaine crut l'avoir conquise, elle le repoussa du même geste obstiné.

« Je m'en fiche de ta confiture !... C'est les trois francs qu'il me faut ! »

À cette dernière exigence, le major leva sa canne pour fendre la porte en deux. Il suffoquait. Nom de Dieu ! la sacrée garce ! Et dire qu'un capitaine de l'armée française acceptait ça ! Il oubliait la saleté de Burle, il aurait étranglé cette horreur de femme, à cause de ses manières. Est-ce qu'on marchandait, quand on avait une gueule comme la sienne ! C'est elle qui aurait dû payer ! Mais il se retint pour entendre la suite.

« Tu me fais beaucoup de peine, répétait le capitaine. Moi qui me suis montré si bon pour toi... Je t'ai donné une robe, puis des boucles d'oreilles, puis une petite montre... Tu ne te sers pas même de mes cadeaux.

— Tiens ! pour les abîmer !... C'est papa qui me garde mes affaires.

— Et tout l'argent que tu m'as tiré ?

— Papa me le place. »

Il y eut un silence. Rose réfléchissait.

« Écoute, si tu jures que tu m'apporteras six francs demain soir, je veux bien... Mets-toi à genoux et jure que tu m'apporteras six francs... Non, non, à genoux ! »

Le major Laguitte, frémissant, s'éloigna de la porte et resta sur le palier, adossé au mur. Ses jambes s'en allaient, et il brandissait sa canne comme un sabre, dans la nuit noire de l'escalier. Ah ! nom de Dieu ! il comprenait pourquoi ce cochon de Burle ne quittait plus son chez-lui et se couchait à neuf heures ! Une jolie conversion, je t'en fiche ! et avec un sale trognon que le dernier des troupiers n'aurait pas ramassé sur un tas d'ordures !

« Mais, sacré nom ! dit le major tout haut, pourquoi n'a-t-il pas gardé Mélanie ? »

Que faire maintenant ? Entrer et leur flanquer à tous les deux une volée de coups de canne ? C'était son idée d'abord ; puis, il avait eu pitié de la pauvre vieille, en bas. Le mieux était de les laisser à leur ordure. On ne tirerait plus rien de propre du capitaine. Quand un homme en tombait là, on pouvait lui jeter une pelletée de terre sur la tête, pour en finir comme avec une bête pourrie, empoisonnant le monde. Et l'on aurait beau lui mettre le nez dans son caca, il recommencerait le lendemain, il finirait par prendre des sous, afin de payer des sucres d'orge aux petites mendiantes pouilleuses. Nom de Dieu ! l'argent de l'armée française ! et l'honneur du drapeau ! et le nom de Burle, ce nom respecté qui allait finir dans la crotte ! Nom de Dieu de nom de Dieu ! ça ne pouvait pas se terminer comme ça !

Un instant, le major s'attendrit. Si encore il avait eu les cinq cent quarante-cinq francs ; mais pas un liard ! La veille, à la pension, après s'être grisé de cognac comme un sous-lieutenant, il avait pris une culotte abominable [1]. C'était bien fait, s'il traînait la jambe ! Il aurait mérité d'en crever !

Alors, il laissa les deux vaches faire dodo. Il descendit et sonna chez Mme Burle. Au bout de cinq grandes minutes, ce fut la vieille dame qui vint ouvrir elle-même.

« Je vous demande pardon, dit-elle. Je croyais que cette marmotte de Rose était encore là... Il faut que j'aille la secouer dans son lit. »

Le major la retint.

« Et Burle ? demanda-t-il.

— Oh ! lui ronfle depuis neuf heures... Voulez-vous frapper à la porte de sa chambre ?

— Non, non... Je désire seulement vous dire un petit bonsoir. »

Dans la salle à manger, Charles, devant la table, à sa place ordinaire, venait d'achever sa version. Mais il avait l'air terrifié, et ses pauvres mains blanches tremblaient. Sa grand-mère, avant de l'envoyer se coucher, lui lisait des récits de bataille, pour développer en lui l'héroïsme de la famille. Ce soir-là, l'histoire du *Vengeur* [2], ce vaisseau chargé de

---

1. « Prendre une culotte » au sens familier de « perdre une grosse somme au jeu ». **2.** Le 13 prairial an II (1er juin 1794), au large des côtes de Bretagne, les marins du *Vengeur*, après un combat héroïque contre des navires anglais, préférèrent sombrer avec leur bâtiment plutôt que de se rendre, et disparurent sous les flots aux cris de « Vive la République ! ». Cet épisode fameux, célébré par de nombreux poètes, fut au XIXe siècle un exemple patriotique particulièrement cité. Jules Verne l'évoque dans *Vingt Mille Lieues sous les mers* (II, XX).

mourants qui s'engloutit dans la vaste mer, laissait l'enfant sous le coup d'une crise nerveuse, la tête emplie d'un horrible cauchemar.

Mme Burle demanda au major la permission d'achever sa lecture. Puis, elle ferma le livre solennellement, quand le dernier matelot eut crié : « Vive la République ! » Charles était blanc comme un linge.

« Tu as entendu ? dit la vieille dame. Le devoir de tout soldat français est de mourir pour la patrie.

— Oui, grand-mère. »

Il l'embrassa sur le front, et s'en alla grelottant de peur, se coucher dans sa grande chambre, où le moindre craquement des boiseries lui donnait des sueurs froides.

Le major avait écouté d'un air grave. Oui, nom de Dieu ! l'honneur était l'honneur, et jamais il ne laisserait ce gredin de Burle déshonorer la pauvre vieille et ce moutard. Puisque le gamin avait tant de goût pour l'état militaire, il fallait qu'il pût entrer à Saint-Cyr, la tête haute. Pourtant, le major reculait devant une sacrée idée qui lui entrait dans la tête, depuis l'histoire des six francs là-haut, lorsque Mme Burle prit la lampe et l'accompagna. Comme elle passait devant la chambre du capitaine, elle fut surprise de voir la clé sur la porte, ce qui n'arrivait jamais.

« Entrez donc, dit-elle, c'est mauvais pour lui de tant dormir, ça le rend lourd. »

Et, avant qu'il pût l'en empêcher, elle ouvrit la porte et demeura glacée, en trouvant la chambre vide. Laguitte était devenu très rouge, et il avait l'air si bête, qu'elle comprit tout d'un coup, éclairée par le souvenir de mille petits faits.

« Vous le saviez, vous le saviez, bégaya-t-elle. Pourquoi ne pas m'avertir ?... Mon Dieu ! chez moi, à côté de son fils, avec cette laveuse de vaisselle, avec ce monstre !... Et il a encore volé, je le sens ! »

Elle restait toute droite, blanche et raidie. Puis, elle ajouta d'une voix dure :

« Tenez ! je le voudrais mort ! »

Laguitte lui prit les deux mains, qu'il tint un moment serrées fortement dans les siennes. Ensuite, il fila, car il avait un nœud en travers de la gorge, il aurait pleuré. Ah ! nom de Dieu de nom de Dieu ! cette fois, par exemple, il était décidé !

IV

L'inspection générale devait avoir lieu à la fin du mois. Le major avait dix jours devant lui. Dès le lendemain, il se traîna en boitant au Café de Paris, où il commanda un bock. Mélanie était devenue toute pâle, et ce fut avec la crainte de recevoir une gifle que Phrosine se résigna à servir le bock demandé. Mais le major semblait très calme ; il se fit donner une chaise pour allonger sa jambe ; puis, il but sa bière en brave homme qui a soif. Depuis une heure, il était là, quand il vit passer sur la place du Palais deux officiers, le chef de bataillon Morandot et le capitaine Doucet. Et il les appela, en agitant violemment sa canne.

« Entrez donc prendre un bock ! » leur cria-t-il, dès qu'ils se furent approchés.

Les officiers n'osèrent refuser. Lorsque la petite bonne les eut servis :

« Vous venez ici, maintenant ? demanda Morandot au major.

— Oui, la bière y est bonne. »

Le capitaine Doucet cligna les yeux d'un air malin.

« Est-ce que vous êtes du divan, major ? »

Laguitte se mit à rire, sans répondre. Alors, on le plaisanta sur Mélanie. Lui, haussait les épaules d'un air bonhomme. C'était tout de même un beau corps de femme, et l'on pouvait blaguer, ceux qui avaient l'air de cracher dessus, en auraient tout de même fait leurs choux gras. Puis, se tournant vers le comptoir, tâchant de prendre une mine gracieuse, il dit :

« Madame, d'autres bocks ! »

Mélanie était si surprise, qu'elle se leva et apporta la bière. Quand elle fut devant la table, le major la retint ; même il s'oublia jusqu'à lui donner de petites tapes sur la main qu'elle avait posée au dossier d'une chaise. Alors, elle-même, habituée aux calottes et aux caresses, se montra très galante, croyant à une fantaisie chez ce vieux démoli, comme elle le nommait avec Phrosine. Doucet et Morandot se regardaient. Comment ! ce sacré major succédait à Juponeux ! Ah ! saperlotte ! on allait rire au régiment !

Tout d'un coup, Laguitte qui, à travers la porte ouverte, surveillait d'un œil la place du Palais, eut une exclamation.

« Tiens ! Burle !

— Oui, c'est son heure, dit Phrosine en s'approchant, elle aussi. Le capitaine passe tous les après-midi, au retour de son bureau. »

Le major, malgré sa mauvaise jambe, s'était mis debout. Il bousculait les chaises, il criait :

« Eh ! Burle !... Arrive donc ! tu prendras un bock ! »

Le capitaine, ahuri, ne comprenant pas comment Laguitte pouvait se trouver chez Mélanie, avec Doucet et Morandot, s'avança machinalement. C'était le renversement de toutes ses idées. Il s'arrêta sur le seuil, hésitant encore.

« Un bock ! » commanda le major.

Puis, se tournant :

« Qu'est-ce que tu as ?... Entre donc, et assieds-toi. As-tu peur qu'on ne te mange ! »

Quand le capitaine se fut assis, il y eut une gêne. Mélanie apportait le bock avec un léger tremblement des mains, travaillée par la continuelle crainte d'une scène qui ferait fermer son établissement. Maintenant, la galanterie du major l'inquiétait. Elle tâcha de s'esquiver, lorsqu'il l'invita à prendre quelque chose avec ces messieurs. Mais, comme s'il eût parlé en maître dans la maison, il avait déjà commandé à Phrosine un petit verre d'anisette ; et Mélanie fut forcée de s'asseoir, entre lui et le capitaine. Il répétait, d'un ton cassant :

« Moi, je veux qu'on respecte les dames... Soyons chevaliers français, nom de Dieu ! À la santé de madame ! »

Burle, les yeux sur sa chope, gardait un sourire embarrassé. Les deux autres officiers, choqués de trinquer ainsi, avaient déjà tenté de partir. Heureusement, la salle était vide. Seuls, les petits rentiers, autour de leur table, faisaient leur partie de l'après-midi, tournant la tête à chaque juron, scandalisés de voir tant de monde et prêts à menacer Mélanie d'aller au Café de la Gare, si la troupe devait les envahir. Tout un vol de mouches bourdonnait, attiré par la saleté des tables, que Phrosine ne lavait plus que le samedi. Étendue dans le comptoir, la petite bonne s'était remise à lire un roman.

« Eh bien ! tu ne trinques pas avec madame ? dit rudement le major à Burle. Sois poli au moins ! »

Et, comme Doucet et Morandot se levaient de nouveau :

« Attendez donc, nom de Dieu ! nous partons ensemble... C'est cet animal-là qui n'a jamais su se conduire. »

Les deux officiers restèrent debout, étonnés de la brusque colère du major. Mélanie voulut mettre la paix, avec son rire de fille complaisante, en posant ses mains sur les bras des deux hommes. Mais Laguitte repartait.

« Non, laissez-moi... Pourquoi n'a-t-il pas trinqué ? Je ne vous laisserai pas insulter, entendez-vous !... À la fin, j'en ai assez de ce cochon-là ! »

Burle, très pâle sous cette insulte, se leva et dit à Morandot :

« Qu'a-t-il donc ? Il m'appelle pour me faire une scène... Est-ce qu'il est soûl ?

— Nom de Dieu de nom de Dieu ! » gueula le major.

Et, se mettant debout à son tour, tremblant sur ses jambes, il allongea à toute volée une gifle au capitaine. Mélanie n'eut que le temps de se baisser pour n'en pas recevoir la moitié sur l'oreille. Ce fut un tapage affreux. Phrosine jeta des cris dans le comptoir, comme si on l'avait battue. Les petits rentiers, terrifiés, se retranchèrent derrière leur table, croyant que tous ces soldats allaient tirer leurs sabres et se massacrer. Cependant, Doucet et Morandot avaient saisi le capitaine par les bras, pour l'empêcher de sauter à la gorge du major ; et ils l'emmenaient doucement vers la porte. Dehors, ils le calmèrent un peu, en donnant tous les torts à Laguitte. Le colonel prononcerait, car le soir même ils iraient lui soumettre le cas, comme témoins de l'affaire. Quand ils eurent éloigné Burle, ils rentrèrent dans le café, où Laguitte, très ému, des larmes sous les paupières, affectait un grand calme en achevant son bock.

« Écoutez, major, dit le chef de bataillon, c'est très mal... Le capitaine n'a pas votre grade, et vous savez qu'on ne peut l'autoriser à se battre avec vous.

— Oh ! nous verrons, répondit le major.

— Mais que vous a-t-il fait ? Il ne vous parlait seulement pas... Deux vieux camarades, c'est absurde ! »

Le major eut un geste vague.

« Tant pis ! Il m'embêtait. »

Et il ne sortit plus de cette réponse. On n'en sut jamais davantage. Le bruit n'en fut pas moins énorme. En somme, l'opinion de tout le régiment était que Mélanie, enragée d'avoir été lâchée par le capitaine, l'avait fait gifler par le major, tombé, lui aussi, dans ses griffes, et auquel elle devait raconter des histoires abominables. Qui aurait cru ça, de cette vieille peau de Laguitte, après toutes les horreurs qu'il lâchait sur les femmes ? À son tour, il était pincé. Malgré le soulèvement contre Mélanie, l'aventure la posa comme une femme très en vue, à la fois crainte et désirée, et dont la maison fit dès lors des affaires superbes.

Le lendemain, le colonel avait convoqué le major et le capitaine. Il les sermonna durement, en leur reprochant d'avoir déshonoré l'armée dans des endroits malpropres. Qu'allaient-ils résoudre à présent, puisqu'il ne pouvait les autoriser à se battre ? C'était la question qui, depuis la veille, passionnait le régiment. Des excuses semblaient inacceptables, à cause de la gifle ; pourtant, comme Laguitte, avec sa mauvaise jambe, ne se tenait plus debout, on pensait qu'une réconciliation aurait peut-être lieu, si le colonel l'exigeait.

« Voyons, reprit le colonel, me prenez-vous pour arbitre ?

— Pardon, mon colonel, interrompit le major. Je viens vous apporter ma démission... La voici. Cela arrange tout. Veuillez fixer le jour de la rencontre. »

Burle le regarda d'un air surpris. De son côté, le colonel crut devoir présenter quelques observations.

« C'est bien grave, major, la détermination que vous prenez là... Vous n'aviez plus que deux ans pour arriver à la retraite... »

Mais, de nouveau, Laguitte lui coupa la parole, en disant d'une voix bourrue :

« Ça me regarde.

— Oh ! parfaitement... Eh bien ! je vais envoyer votre démission, et dès qu'elle aura été acceptée, je fixerai le jour de la rencontre. »

Ce dénouement stupéfia le régiment. Qu'avait-il donc dans le ventre, cet enragé de major, à vouloir quand même se couper la gorge avec son vieux camarade Burle ? On reparla de Mélanie et de son beau corps de femme ; tous les officiers en rêvaient maintenant, allumés par cette idée qu'elle devait être décidément très bien, pour emballer ainsi de vieux durs à cuire. Le chef de bataillon Morandot, ayant rencontré Laguitte, ne lui cacha pas ses inquiétudes. S'il n'était pas tué, comment vivrait-il ? car il n'avait pas de fortune, et c'était tout juste s'il mangerait du pain, avec la pension de sa croix d'officier et l'argent de sa retraite, réduite de moitié. Pendant que Morandot parlait, Laguitte, roulant ses gros yeux, regardait fixement le vide, enfoncé dans la muette obstination de son crâne étroit. Puis, lorsque l'autre tâcha de le questionner sur sa haine contre Burle, il répéta sa phrase, en l'accompagnant du même geste vague.

« Il m'embêtait. Tant pis ! »

Chaque matin, à la cantine, à la pension des officiers, la première parole était : « Eh bien ! est-elle arrivée, cette démission ? » On attendait le duel, on en discutait surtout l'issue probable. Le plus grand nombre croyait que Laguitte serait embroché en trois secondes, car c'était absurde de vouloir se battre à son âge, avec une jambe paralysée, qui ne lui permettrait seulement pas de se fendre. Quelques-uns pourtant hochaient la tête. Certes, Laguitte n'avait jamais été un prodige d'intelligence ; on le citait même, depuis vingt ans, pour sa stupidité ; mais, autrefois, il était connu comme le premier tireur du régiment ; et, parti enfant de troupe, il avait gagné ses épaulettes de chef de bataillon par une bravoure d'homme sanguin qui n'a pas conscience du danger. Au contraire, Burle, tireur médiocre, passait pour un poltron. Enfin, il faudrait voir. Et l'émotion grandissait, car cette diablesse de démission restait bien longtemps en route.

Le plus inquiet, le plus bouleversé était certainement le major. Huit jours s'étaient passés, l'inspection générale devait commencer le surlendemain. Rien ne venait. Il tremblait d'avoir giflé son vieil ami, donné sa démission, pour le plaisir, sans retarder le scandale d'une minute. Lui tué, il n'aurait pas l'embêtement de voir ça ; et, s'il tuait Burle, comme il y comptait, on étoufferait l'affaire tout de suite : il aurait sauvé l'honneur de l'armée, et le petit pourrait entrer à Saint-Cyr. Mais, nom de Dieu ! ces grattepapier du ministère avaient besoin de se presser ! Le major ne tenait plus en place ; on le voyait rôder devant la poste, guetter les courriers, interroger le planton chez le colonel, pour savoir. Il ne dormait plus, et se fichant du monde désormais, il s'abandonnait sur sa canne, il boitait abominablement.

La veille de l'inspection, il se rendait chez le colonel une fois encore, lorsqu'il resta saisi, en apercevant à quelques pas Mme Burle, qui menait Charles au collège. Il ne l'avait pas revue, et, de son côté, elle s'était enfermée chez elle. Défaillant, il se rangea sur le trottoir, pour le lui laisser tout entier. Ni l'un ni l'autre ne se saluèrent, ce qui fit lever de grands yeux étonnés au petit garçon. Mme Burle, l'air froid, la taille haute, frôla le major, sans un tressaillement. Et lui, quand elle l'eut dépassé, la regarda s'éloigner d'un air d'ahurissement tendre.

« Nom de Dieu ! je ne suis donc pas un homme ! » grogna-t-il en renfonçant ses larmes.

Comme il entrait chez le colonel, un capitaine, qui était là, lui dit :

« Eh bien ! ça y est, le papier vient d'arriver.

— Ah ! » murmura-t-il, très pâle.

Et il revoyait la vieille dame s'en aller, avec l'enfant à la main, dans sa raideur implacable. Tonnerre de Dieu ! dire qu'il avait souhaité si ardemment l'arrivée du papier depuis huit jours, et que ce chiffon-là, maintenant, le bousculait et lui chauffait à ce point les entrailles !

Le duel eut lieu le lendemain matin, dans la cour de la caserne, derrière un petit mur. L'air était vif, un clair soleil luisait. On fut presque obligé de porter Laguitte. Un de ses témoins lui donnait le bras, tandis qu'il s'appuyait de l'autre côté sur sa canne. Burle, le visage bouffi d'une mauvaise graisse jaune, avait l'air de dormir debout, comme assommé par une nuit de noce. Pas une parole ne fut échangée. Tout le monde avait hâte d'en finir.

Ce fut le capitaine Doucet, un des témoins, qui engagea le fer. Il recula et dit :

« Allez, messieurs ! »

Burle attaqua aussitôt, voulant tâter Laguitte et savoir ce qu'il devait en attendre. Depuis dix jours, cette affaire était pour lui un cauchemar absurde, où il ne pouvait se retrouver. Un soupçon lui venait bien ; mais il l'écartait avec un frisson, car la mort était au bout ; et il se refusait à croire qu'un ami lui jouât une pareille farce, pour arranger les choses. D'ailleurs, la jambe de Laguitte le rassurait un peu. Il le piquerait à l'épaule, et tout serait dit.

Pendant près de deux minutes, les épées se froissèrent avec leur petit bruit d'acier. Puis, le capitaine fit un dégagé et voulut se fendre. Mais le major, retrouvant son poignet d'autrefois, eut une terrible parade de quinte ; et, s'il avait riposté, le capitaine était percé de part en part. Celui-ci se hâta de rompre, livide, se sentant à la merci de cet homme, qui venait de lui faire grâce cette fois. Il comprenait enfin, c'était bien une exécution.

Pourtant Laguitte, carrément posé sur ses mauvaises jambes, devenu de pierre, attendait. Les deux adversaires se regardaient fixement. Dans les yeux troubles de Burle, parut une supplication, une prière de grâce ; il savait pourquoi il allait mourir, et, comme un enfant, il jurait de ne plus recommencer. Mais les yeux du major restaient implacables ; l'honneur parlait, il étranglait son attendrissement de brave homme.

« Finissons ! » murmura-t-il entre ses dents.

Cette fois, ce fut lui qui attaqua. Il y eut un éclair. Son épée flamba en passant de droite à gauche, revint, et alla se planter par un coup droit foudroyant dans la poitrine du capitaine, qui tomba comme une masse, sans même pousser un cri.

Laguitte avait lâché l'épée, tout en regardant sa pauvre vieille vache de Burle étendu sur le dos, avec son gros ventre en l'air. Il répétait, furieux et cassé d'émotion :

« Nom de Dieu de nom de Dieu ! »

« Le duel eut lieu le lendemain matin... »
Dans le manège, avant le duel, par Marius Roy.
Musée de Sète. © RMN/Bulloz.

On l'emmena. Ses deux jambes étaient prises, ses témoins durent le soutenir à droite et à gauche, car il ne pouvait même plus se servir de sa canne.

Deux mois plus tard, l'ancien major se traînait au soleil, dans une rue déserte de Vauchamp, lorsqu'il se trouva de nouveau face à face avec Mme Burle et le petit Charles. Tous les deux étaient en grand deuil. Il voulut les éviter, mais il marchait mal, et ils arrivaient droit sur lui, sans ralentir ni presser le pas. Charles avait toujours son doux visage effrayé de fille. Mme Burle gardait sa haute mine rigide, plus dure et plus creusée. Comme Laguitte se rentrait dans l'angle d'une porte cochère, pour leur abandonner toute la rue, elle s'arrêta brusquement devant lui, elle tendit la main. Il hésita, il finit par la prendre et la serrer ; mais il tremblait tellement, qu'il secouait le bras de la vieille dame. Il y eut un silence, un échange muet de regards.

« Charles, dit enfin la grand-mère, donne la main au major. »

L'enfant obéit, sans comprendre. Le major était devenu très pâle. À peine osa-t-il effleurer les doigts délicats du petit. Puis, comprenant qu'il devait dire quelque chose, il ne trouva que cette phrase :

« C'est toujours à Saint-Cyr que vous comptez le mettre ?

— Sans doute, quand il aura l'âge », répondit Mme Burle.

La semaine suivante, Charles fut emporté par une fièvre typhoïde. Un soir, sa grand-mère lui avait relu le combat du *Vengeur*, pour l'aguerrir ; et le délire l'avait pris dans la nuit. Il était mort de peur.

CHRONOLOGIE
1840-1902

1840 (2 avril) : Émile Zola naît à Paris. Il est le fils d'un ingénieur d'origine vénitienne, François Zola, et d'une jeune Beauceronne, Émilie Aubert.

1843 La famille Zola s'installe à Aix-en-Provence.

1847 (27 mars) : mort de François Zola. Sa femme et son fils connaîtront dès lors une situation matérielle difficile.

1853 Zola entre en sixième au collège Bourbon d'Aix-en-Provence. Il y fait la connaissance de Paul Cézanne.

1857 (novembre) : la mère de Zola part pour Paris. Son fils la rejoint au mois de février suivant.

1858 (1er mars) : à Paris, Zola entre en seconde au lycée Saint-Louis.

1859 (4 août) : échec au baccalauréat, suivi d'un nouvel échec en novembre. Zola abandonne ses études.

1860 Zola est quelque temps employé à l'administration des docks de Paris.

1860-1861 Deux ans d'une vie de bohème assez misérable.

1862 (1er mars) : Zola entre à la librairie Hachette. Il est employé au bureau des expéditions, puis à la publicité. Il découvre le monde des écrivains et des journalistes.

1863 Premiers contes publiés dans *La Revue du mois* à Lille.

1864 (juin) : Zola devient chef de la publicité à la librairie Hachette.

Décembre : publication des *Contes à Ninon*.

1864-1865 Zola débute dans le journalisme. Il donne des comptes rendus critiques et des chroniques à plusieurs journaux.

1865 Zola rencontre Gabrielle-Alexandrine Meley, qui deviendra sa femme en 1870.

Novembre : *La Confession de Claude*, premier roman en partie autobiographique.

1866 (31 janvier) : Zola quitte la librairie Hachette. Désormais il ne vivra plus que de sa plume. Il collabore à de nombreux journaux, comme critique littéraire et pictural. Son *Salon*, paru dans *L'Événement*, fait scandale. Zola y défend Manet et Courbet. Il publie *Mon Salon* et *Mes Haines*, recueils d'articles de critique littéraire. *Le Vœu d'une morte*, roman d'abord publié en feuilleton dans *L'Événement*, paraît en novembre.

1867 Année difficile. Les collaborations aux journaux se font plus rares. Zola fréquente les futurs impressionnistes, Manet, Pissarro, Monet.

Décembre : *Thérèse Raquin*, premier chef-d'œuvre. La 2e édition est précédée d'une importante préface. *Les Mystères de Marseille* paraissent en feuilleton dans *Le Messager de Provence*.

1868 *Madeleine Férat*.

1868-1869 Zola collabore à la presse républicaine. Son opposition à l'Empire se fait de plus en plus vive. Il présente à l'éditeur Albert Lacroix les plans d'un cycle romanesque en dix volumes, l'*Histoire d'une famille*, premier projet des *Rougon-Macquart*. Il se lie avec les Goncourt.

1870 Zola achève *La Fortune des Rougon*, premier roman du cycle des *Rougon-Macquart*, qui paraît en feuilleton dans *Le Siècle* à partir du 28 juin. Il prépare *La Curée*.

31 mai : il épouse Alexandrine Meley.

19 juillet : la guerre éclate entre la France et la Prusse.

7 septembre : les Zola quittent Paris pour Marseille.

11 décembre : Zola est à Bordeaux où siège le gouvernement provisoire. Il brigue un poste de préfet, mais ses ambitions politiques sont vite déçues.

1871 À Bordeaux, puis à Versailles, Zola est chroniqueur parlementaire. Il se tient éloigné de la Commune.

Octobre-novembre : *La Curée* paraît en feuilleton dans *La Cloche*, mais la publication doit cesser sur ordre du procureur de la République.

1872 Zola se lie avec Charpentier, qui devient son éditeur et celui des naturalistes. Il fréquente Flaubert, Daudet, Tourgueniev.

1873 *Le Ventre de Paris*.

1874 *La Conquête de Plassans, Nouveaux Contes à Ninon*. Échec d'une pièce de théâtre, *Les Héritiers Rabourdin*.

1875 *La Faute de l'abbé Mouret*.

Mars : Zola commence une collaboration régulière avec la revue russe *Le Messager de l'Europe*, qui durera jusqu'en décembre 1880.

1876 *Son Excellence Eugène Rougon*.

1877 *L'Assommoir*, premier grand succès. Zola fait figure de chef d'école. Campagnes en faveur du naturalisme.

1878 (avril) : *Une page d'amour*.

Mai : avec les droits de *L'Assommoir*, Zola achète une maison à Médan, près de Poissy. Ce sera sa résidence d'été, qu'il ne cessera d'agrandir et d'embellir.

1880 (mars) : *Nana*, deuxième grand succès.

Avril : *Les Soirées de Médan*, recueil collectif de nouvelles (Zola, Alexis, Céard, Hennique, Huysmans, Maupassant), qui apparaît comme le manifeste du naturalisme.

Novembre : *Le Roman expérimental*, principal recueil de textes théoriques sur le naturalisme.

Décembre : Zola cesse sa collaboration au *Messager de l'Europe.*

1881 Trois recueils de textes critiques, parus pour la plupart dans *Le Messager de l'Europe* : *Les Romanciers naturalistes, Le Naturalisme au théâtre, Documents littéraires.*

1882 (janvier) : *Une campagne*, recueil d'articles parus dans *Le Figaro.*

Avril : *Pot-Bouille.*

Novembre : *Le Capitaine Burle*, recueil de nouvelles parues dans *Le Messager de l'Europe.*

1883 (mars) : *Au Bonheur des dames.*

Novembre : *Naïs Micoulin*, recueil de nouvelles parues dans *Le Messager de l'Europe.*

1884 *La Joie de vivre.*

1885 *Germinal*, troisième grand succès.

1886 *L'Œuvre.*

1887 *La Terre.* Zola est violemment attaqué dans les colonnes du *Figaro* (18 août) par cinq jeunes écrivains de l'entourage de Goncourt et de Daudet.

1888 *Le Rêve.*

Décembre – Jeanne Rozerot, jeune lingère engagée par Alexandrine Zola, devient la maîtresse de l'écrivain.

1889 Naissance de Denise, fille de l'écrivain et de Jeanne Rozerot.

1890 *La Bête humaine.*

1891 *L'Argent*. Naissance de Jacques, fils de Zola et de Jeanne Rozerot.

1892 *La Débâcle*.

1893 *Le Docteur Pascal*, dernier roman de la série des *Rougon-Macquart*.

1894 *Lourdes*, première des *Trois Villes*.

1896 *Rome*.

1897 (mars) : *Nouvelle Campagne*.

À la fin de l'année, Zola s'engage aux côtés des partisans de l'innocence de Dreyfus.

1898 (13 janvier) : *L'Aurore* publie « J'accuse », lettre au président de la République qui relance l'affaire Dreyfus. Condamné à un an de prison, Zola doit s'exiler en Angleterre (juillet 1898-juin 1899).

Mars : *Paris*.

1899 *Fécondité*, le premier des *Quatre Évangiles*.

1901 *Travail*.

1902 (août) : Zola termine *Vérité*, qui paraîtra, après sa mort, en 1903.

Dans la nuit du 28 au 29 septembre, Zola meurt à Paris d'une asphyxie due au mauvais tirage de sa cheminée. Il s'agit peut-être d'un acte de malveillance. Ses funérailles, le 5 octobre, sont l'occasion d'une grande manifestation populaire. Le 4 juin 1908, sa dépouille sera transférée au Panthéon.

BIBLIOGRAPHIE

I. Éditions du « Capitaine Burle » et de « Jacques Damour »

1. Publications préoriginales :

• publication dans *Le Messager de l'Europe* (textes traduits en russe) : « Le Capitaine Burle », décembre 1880, sous le titre « Un duel ». « Jacques Damour », août 1880.

• publications séparées en français : « Le Capitaine Burle » : *La Vie moderne*, 19, 26 février et 5 mars 1881.

Le Rabelais, 25 septembre, 2, 9, 16 octobre 1882. « Jacques Damour » : *Le Figaro*, 27, 28, 29, 30 avril, 1er, 2 mai 1883.

2. Première publication en librairie :

« Le Capitaine Burle » dans *Le Capitaine Burle*, recueil de nouvelles comprenant également « Comment on meurt », « Pour une nuit d'amour », « Aux champs », « La Fête à Coqueville », « L'Inondation », Charpentier, 1882 [*Bibliographie de la France* du 2 décembre 1882, mise en vente en novembre 1882].

« Jacques Damour » dans *Naïs Micoulin*, recueil de nouvelles comprenant également « Naïs Micoulin », « Nantas », « La Mort d'Olivier Bécaille », « Madame Neigeon », « Les Coquillages de M. Chabre »,

Charpentier, 1883 [*Bibliographie de la France* du 23 février 1884, mise en vente en novembre 1883].

3. Éditions commentées :

Émile Zola, *Œuvres complètes*, t. XXXI (2 vol.). *Contes et nouvelles*, éd. Bernouard, 1928.

Émile Zola, *Œuvres complètes*, t. IX. *Contes et nouvelles*, Cercle du livre précieux, 1968. Préface de Jean-Jacques Brochier, notices et notes par Henri Mitterand.

Émile Zola, *Contes et nouvelles*, Gallimard, « Bibliothèque de la Pléiade », 1976. Texte établi, présenté et annoté par Roger Ripoll.

II. Études à consulter

1. Études générales sur Zola :

Becker (Colette), *Émile Zola*, Hachette Supérieur, 1994, coll. « Portraits littéraires ».

Hemmings (F.W.J.), *Émile Zola*, Oxford University Press, 2e édition, 1966.

Mitterand (Henri), *Zola et le naturalisme*, PUF, 1986, coll. « Que sais-je ? ».

Pagès (Alain), *Émile Zola. Bilan critique*, Nathan Université, 1993, coll. « 128 ».

Ripoll (Roger), *Réalité et mythe chez Zola*, Champion, 1981, 2 vol.

Robert (Guy), *Émile Zola. Principes et caractères généraux de son œuvre*, Les Belles Lettres, 1952.

2. Études portant sur les contes et nouvelles de Zola, et notamment sur « Le Capitaine Burle » et « Jacques Damour » :

Baguley (David), « Les sources et la fortune des

nouvelles de Zola », *Les Cahiers naturalistes*, n° 32, 1966, p. 118-132.

RICATTE (Robert), « Zola conteur », *Europe*, avril-mai 1968, p. 209-217.

RIPOLL (Roger), « Zola et les communards », *Europe*, avril-mai 1968, p. 16-26.

SERGENT (Madeleine), « La Vision politique de Zola. "Jacques Damour" et la Commune de Paris », *Bulletin de la Société des professeurs français en Amérique*, 1986-1987, p. 83-92.

TABLE

Composition réalisée par NORD COMPO

Imprimé en France sur Presse Offset par

BRODARD & TAUPIN

GROUPE CPI

La Flèche (Sarthe).
N° d'imprimeur : 7402 – Dépôt légal Édit. 11651-05/2001
LIBRAIRIE GÉNÉRALE FRANÇAISE - 43, quai de Grenelle - 75015 Paris.

ISBN : 2 - 253 - 19300 - 3 31/9300/0